启真馆 出品

Le mythe
de
sisyphe

神话 西绪福斯

[法]阿尔贝·加缪 著 沈台训 译

Albert Camus

ZHEJIANG UNIVERSITY PRESS
浙江大学出版社
·杭州·

图书在版编目（CIP）数据

西绪福斯神话 /（法）阿尔贝·加缪著；沈台训译.
杭州：浙江大学出版社, 2024. 7. --（加缪作品集）.
ISBN 978-7-308-25144-0

Ⅰ. I565.65

中国国家版本馆CIP数据核字第202454A808号

西绪福斯神话

［法］阿尔贝·加缪 著　沈台训 译

责任编辑	孔维胜	
责任校对	黄梦瑶	
装帧设计	周伟伟	
出版发行	浙江大学出版社	
	（杭州天目山路 148 号　邮政编码 310007）	
	（网址：http:// www.zjupress.com）	
排　版	北京楠竹文化发展有限公司	
印　刷	北京中科印刷有限公司	
开　本	787mm×1092mm　1/32	
印　张	6.25	
字　数	88千	
版 印 次	2024 年 7 月第 1 版　2024 年 7 月第 1 次印刷	
书　号	ISBN 978-7-308-25144-0	
定　价	42.00元	

加缪自序[①]

对我而言，《西绪福斯神话》标示着一种思想的开端，后来我在《反抗者》中持续探寻。它尝试处理自杀的问题，正如《反抗者》处理谋杀的问题，两者皆无涉永恒的价值，或许这种价值在当代欧洲暂时是没有的，或者已被扭曲。《西绪福斯神话》的根本主题是：思考生命是否有意义是正当且必要的，因此面对自杀的问题也是合理的。潜藏与浮现在许多矛盾背后的答案是：即便一个人不相信上帝，自杀仍属不正当的。本书写于一九四〇年，早于这篇序十五年。在法国与欧洲的浩劫下，本书表达出尽管受虚无主义所限，还是有可能找到超越虚无主义的方法。在那之后，我所写的书都试着朝这个方向前进。虽然《西绪福斯神话》提出了一些

---

① 编按：加缪于一九五五年执笔作此序，主要为在美国出版提供说明，因有助理解其写作脉络，故加以收录。（本书注释若无特殊说明，均为台湾版原注。由于加缪以法文写就本书，故括号中标注的原文皆为法文。）

致命的问题，但它对我是一份理智清明的邀约，要我在这片荒漠中生存与创造。

因此这个哲学论证确有可能发展出一系列论述，这是一种我未曾停止笔耕的方式，或许也能作为我其他作品的注解。以一种较为抒情的方式，它们描绘了从同意到否定的基本动摇，而我以为，这便定义了艺术家和他艰难的使命。本书正是冷静与热情交替的反思，也可以作为艺术家生存与创造的理由。经过十五年，书中一些主张已有进展，但对我而言，我的立场忠实如一。这也是为何本书在某种意义上是我在美国出版的作品中与我个人最为相关的。因此，它比其他书更需要读者的探讨与理解。

目　录

荒谬感会在任何街角袭上任何人。它赤裸裸地令人难以忍受，它是没有光芒的光线，让人无从捉摸。但那种困难本身便值得我们思索。

一个深信荒谬的人却只是认为，应该冷静思考这些行动的结果。他随时准备好要付出代价。

如今人的思想的结局不再是自我放弃，而是通过诸般形象重新活跃起来。思想于是开始嬉戏——这确实会发生⋯⋯

我看见这个男人以沉重但平稳的脚步走下山，走向他不知何日终结的苦痛。这段时间像是一个喘息的时刻⋯⋯那是有意识的时刻。从他离开山顶，朝山下走向诸神的住所的每分每秒，他是他的命运的主人。他比那块巨石还要强韧。

荒谬的推理

哦，我的灵魂啊，它不企望永生，

但求穷尽生命的每一个可能。

——品达（Pindare），《特尔斐竞技会颂歌》（*Pythique*）第三首

底下的篇幅将讨论当代随处可见的荒谬感，而非严格阐述我们这个时代尚未了解的荒谬哲学。因此，我首先要表明，本书受惠于当代的某些思想家。通篇可见引自他们的论述与对他们的评论，对此我无意掩饰。

　　同时，有必要提醒读者，荒谬迄今皆被视为一种结论，但在本文中却是作为论述的起点。就此意义而言，可以说我的评述中容有不确定性：一个人不能预断它所采取的立场。在此只能见到对于一种智性的苦痛的纯粹性描述，无涉任何的形而上学或信仰。这是本书的局限之处，也是唯一的成见。某些个人的经验促使我要澄清这一点。

荒谬与自杀

真正严肃的哲学问题仅有一个，那就是自杀。判断人生值不值得费力去活，就是在回答这个哲学的基本问题。而其余的论题，比如世界是否具有三维空间、心智是否拥有九个或十二个范畴，都是次要的。这些问题都是游戏，我们首先必须作答。假使如同尼采（Nietzsche）所说的，哲学家为了赢得尊敬必须以身作则，那么我们便理解回答问题的重要性，因为它将带来决定性的行动。这些是我们的心明显可感的事实，不过必须深入探讨才能让它们在理智上变得清晰。

假使我自问，如何判断哪个问题较为重要而迫切，我的答案是，依据问题引发的行动而定。我从未见过任何人为了本体论上的论辩而死。伽利略（Galilée）曾主张一个重要的科学真理，可是一旦这个真理危及他的生命，他旋即轻易放弃了它。在某种意义上，他这么做是对的。那个科学真理不值得他赌上生命。究竟是地球绕着太阳转，还是太阳绕着地球转，说起来极其无关紧要。老实说，它是个无足轻重的问题。另一方面，我却见到许多人因为觉得人生不值得活而轻生。我还见到其他人寻死的原因正是种种给予他们生存理由的想法或幻觉（生的理由亦是死的绝佳借口），实在矛盾。所以我认为，生命的意义是最重要而迫切的问题。如何给出答案呢？就所有根本的问题而言（我是指那些可能让人想要寻死的问题，或那些让人怀抱生命热情的问题），大概只有以下两种思考方式："拉巴利斯"①式与"唐吉诃德"（Don Quichotte）式。唯有在实证与热情之间取得平衡，我们才能同时求得情感与理智清明。对于如此寻常又充满情感的主题，学究式的古典辩证法应该让位给一种较为平实的、出自常识与同情之心的思考态度。

自杀向来只是被视为一种社会现象而谈论。相反地，在此我们首先便要谈论个人的思想与自杀的关系。自杀这样的行动，如同一部伟大的著作，是在心底深处慢慢酝酿的。甚至当事人本身也不知

---

① 编按：拉巴利斯（La Palisse, 1470—1525），法国贵族与军官，死于帕维亚之战（battle of Pavia）。

道。某个晚上，他就开了枪或一跃而下。我听说过一名房地产商人自杀的事情：五年前他失去了女儿，自此以后他整个人性格大变，丧女之痛逐渐"啃蚀"他。再也找不到更准确的字眼了。开始思考便开始啃蚀。这些意念的滋长与社会没有多大关系。蠹虫长在人的心底，必须到那儿去寻找。一个人必须了解这个使人从清醒面对存在到遁入无光之境的致命游戏。

自杀的原因甚多，最显而易见的理由往往不是最有力的。自杀很少是经过深思熟虑的（但不排除真有这样的案例）。是什么引起了这样的危机，几乎总是很难证实。报章上经常提及"抑郁而终"或"久病厌世"。这类解释有其道理。然而，我们也应该要知道，事发当天，自杀者的某个友人是否曾经冷言以对。那个人便是罪人。因为那可能就能足以将所有悬着的怨恨与厌倦，一举推向死亡的深渊①。

然而，倘若很难确定那精准的一刻，也就是心

————————

① 让我们利用这个机会指出本文的相对性质。自杀的确也可能与一些更为可敬的考虑有关。举例而言，在中国的革命时期，曾发生抗议式的政治性自杀。

智选择寻死的幽微步伐之时，那么从行为本身去推论它所隐含的结果，倒还比较容易些。在某种意义上，如同在通俗剧中所搬演的，自杀是一种告白：承认自己已经被人生击败，或不再理解自己的一生。我们不要太过着墨于这种模拟，还是回到日常的用语。那不过是承认，"人生不值得活"。当然，生活从来就不容易。你日复一日做着生存所要求的动作，原因很多，首先就是习惯使然。而自愿赴死意味着，你已经承认（甚至是直觉地承认）这个习惯的可笑性，承认自己丧失了所有深刻的生存理由，承认汲汲营营实属荒诞，承认自己的受苦毫无意义。

那种将生命所必要的睡眠自心中剥夺的难以估量的感受，究竟为何？一个能够解释的世界，即便是不好的理由，还是我们熟悉的世界。相反地，身处在一个突然失去了幻想与光明的世界，一个人会觉得自己像个异乡人。他的放逐无药可救，因为他被夺去了对故乡的记忆，或者对应许之地的希望。这种人与生活的离异（divorce），演员与场景的离异，正是荒谬感。任何曾经想过自杀的健康人，无须多加解释就能看到这种荒谬感与求死的直接关联。

本文的主题正是荒谬与自杀之间的关系，以及在怎样的程度上，自杀是荒谬的解决之道。原则上可以假定，对于一个诚实的人来说，他信以为真的事物必然决定了他的行动。如果他相信存在是荒谬的，必定会有所行动。我们可以合理地揣想，清楚且并非无病呻吟地设想，这么重要的一个结论，是否会让人觉得必须尽快放弃一个难以理解的状态。当然，我在此处所指的是那种准备言出必行的人。

明确来说，这个问题看似简单却又无解。但不要误以为简单的问题会带来同样简单的答案，显而易见的事实会以显而易见的事实为前提。就像是一个人是否自戕这个问题，自原因推及结果或者把问题倒过来，在哲学推论上似乎只有两种答案：是或否。这样未免太容易了。但我们必须允许那些没有结论的人继续探问。在此我稍微开玩笑地说：是大多数的人。我也看到那些回答"否"的人，行为表现却像是想着"是"。事实上，如果采用尼采式的判准，那么这些人无论如何都想着"是"。另一方面，那些自杀的人却经常深信人生的意义。这样的矛盾确实存在。甚至可以说，在逻辑如此重要之处，矛盾也愈显强烈。若比较哲学理论和信仰这些理论者的行为举止，便会发现这是常见的现象。然而，必须指出，在那些否定人生意义的思想家中，除了文学作品中的基里洛夫（Kirilov）[①]、来自传奇故事[②]的派里格利诺斯（Peregrinos）及属于假说的居勒·勒奇耶（Jules Lequier），没有人会至死坚持他的逻辑。叔本华经常被引为笑柄，因为他在满桌佳肴前赞美自杀。这并无可笑之处。没有严肃看待悲剧并非如此严重，它有助于判断一个人。

面对这些矛盾与难解，难道我们必须论断说，一个人对生命的看法与他轻生的举动之间，没有任何关系？对此我们不必夸大其词。在人对生命的依恋中，存在某种比世上所有灾祸还要强韧的东西。

[①] 编按：陀思妥耶夫斯基的作品《群魔》（Les Possédés）中的英雄，是陀思妥耶夫斯基笔下一个非常突出和典型的自杀者形象。
[②] 我听说过有一名战后的作家，模仿派里格利诺斯，在写完自己的第一本著作后就自杀身亡，以博取世人对他作品的关注。他的书果然受到了关注，却被认为是本劣作。

肉体的判断不亚于心智的判断；当死亡迎面而来时，肉体会退缩不前。我们在学会思考的习惯前，已经先被生存的习惯影响。朝向死亡的进程中，肉体始终都走在最前面。总之，有关这个矛盾的本质，存在于我所称的"逃避"（esquive）的行为中，它就像是帕斯卡[①]式的"消遣"（divertissement）。逃避是不变的游戏。典型的逃避，构成本文第三个主题的致命的逃避，就是希望。对于一个人"应得"来生的希望，或是怀抱着虚而不实的想法，比如有人不为此生而活，而是为了某种超越人生、使人生升华的伟大理念而活，它们都给予人生意义，并且也背叛了生活。

这一切都让混乱蔓延。至今，人们仍玩弄着文字，假装相信"不承认人生具有意义，势必使人宣称人生不值得活"，而这么做并非徒劳。但事实上，在这两个判断间，并没有必然的共同标准。一个人只要别让自己迷失在上述种种混淆、分离与矛盾的

---

① 编按：帕斯卡（Blaise Pascal, 1623—1662），法国科学家与思想家。在其《思想录》中阐述人生的意义，包括冷漠之愚拙、消遣之危险、怀疑论等。

说法中就好。应当排除所有阻碍，直探真正的问题。因为人生不值得活而自杀，诚然是个事实，却毫无用处，因为它不言自明。然而，这个对存在的羞辱，这个使存在灭顶的否认，是否真的是因为存在毫无意义？难道存在的荒谬需要一个人通过希望或自杀来逃避它？在排除阻碍时，必须厘清与阐明这一点。是荒谬命令死亡吗？这个问题必须先于一切思考方法与公正心智的运作。各种不同的意义、各式各样的矛盾、认为"客观"的心智总是可以解决问题的心理，对这个问题的研究与探索全无用武之地。它只要求一种说起来没有理由的思考方式，亦即逻辑的思考。这并非易事。行事合乎逻辑很简单，但要从头到尾坚持逻辑却几乎是不可能的。亲手了结自己性命的人，正是这样自始至终依循着自身的感受。对于自杀的思索，让我有机会提出唯一让我感兴趣的问题：是否存在一种可以延续至死亡的逻辑？这一点我无从得知，除非我参照事实，不带鲁莽的热情，进行我在此追溯来源的推理。这正是我所称的"荒谬的推理"。许多人已经开始运用这种思考方式。但我不知道他们是否能持续下去。

卡尔·雅斯贝尔斯（Karl Jaspers）主张世界不可能成为一个统一体。他说："这样的限制导致我回到自我，在自我之中，我不再躲藏于我所代表的某个客观观点后面；在自我之中，无论是我自己本身，或是他人的存在，皆不再能成为相对于我的客体。"继众人之后，他也唤起我们那些思考已濒临绝境的干涸沙漠。确实是继众人之后，不过有多少人急着离开那里啊！许多人走到了思考踌躇的最后的十字路口，甚至是卑微无名的人。这些人于是放弃了他们最珍贵的东西，也就是他们的生命。其他人，比如一些思想界泰斗，也放弃了，不过他们所进行的是思想的自杀，是最纯粹的反叛形式。真正的努力反而是尽可能待在那里，就近端详这个遥远地带的奇花异草。韧性与聪敏同为这场非人（inhumain）剧目的座上宾。舞台上则见荒谬、希望与死亡的对话。在这场基本又微妙的舞蹈中，心智可以先分析这些角色，然后说明它们，并在自己心中重新上演。

荒谬的高墙

深刻的感受一如伟大的著作,其含义总是多于表达出来的内容。心灵经常的冲动或反感会再度出现在行动或思考的习惯中,再现于心灵本身不知的结果中。伟大的感受拥有自己的世界,不论是壮丽的或悲惨的。它们以热情照亮一个专属的天地,在那儿重温它们的氛围。有嫉妒的世界、野心的世界、自私的世界或慷慨的世界。"世界"换句话说是一种形而上学与一种心态。而适用于描述这些特定感受的性质,将更加适用于那些基本上不明确的情感;这种情感的特色是,既模糊又"确定",既遥远又"在眼前",如同美或荒谬所激起的感觉。

荒谬感会在任何街角袭上任何人。它赤裸裸地令人难以忍受,它是没有光芒的光线,让人无从捉摸。但那种困难本身便值得我们思索。有时就会发生这样的事:我们始终觉得某个人像陌生人,他身上永远带有某种我们难解的东西。然而,**实际上**,我从人们的行为、全部的行动、所作所为在生活中所引起的后果而知人识人。同样地，对于所有那些无从分析的不合理的感受，借由在智识（intelligence）层次上归纳它们所造成的结果，理解与记录它们的所有样貌，描绘它们的世界，**实际上我也可以界定并评价它们**。确实，显而易见，尽管我看过某个相同的演员上百次的演出，我也不会因此更加认识这个人。然而，如果我统计他所扮演过的角色，然后在算到第一百个角色时，我说我稍微多的了解他了。这么说也带有点真实性。因为这个明显的悖论也是个寓言，它带有某种益处。它透露了虚情假意与真实冲动同样都可以用来界定一个人。而我们藏在内心无法触及的感受，通过它所激发的行动与所采取的态度，也泄露出部分端倪。如此一来，我就界定出一种方法。但显然这种方法是分析，而非知识。因为方法就包含了形而上学，它会在无意间透露它时而宣称尚未知道的结论。这就如同一本书最末几页的内容已经包含在开始的几页里。如此的联结是难以避免的。此处所界定的方法承认了所有真正的认识都是不可能的。能被列举的只有表象（apparence），能被感受的只有气氛。

我们可能在各种不同但相关的世界里见到这种难以理解的荒谬感，比如智识的世界、生活艺术的世界，或艺术本身的世界。一开始是荒谬的气氛。最后是荒谬的世界以及一种思考态度，以它真实的色彩照亮它的世界，造成专属的且无法改变的面貌，从中我们又可以清楚地看见那样的态度。

* * *

一切重大的行动与思想，在萌芽之初都是微不足道的。伟大的作品经常诞生于街角或某家餐厅的旋转门入口。荒谬亦是如此。荒谬的世界尤其从如此不值一提的开端中，逐渐取得它崇高的地位。在某些情况下，被问及在想什么时，回答说"没有"可能会被认为是虚伪的。那些被爱的人很清楚这个道理。但假如这个回答是真诚的，假使它代表着一种灵魂的奇特状态，在其中空虚变得如此真实，日常行动的锁链断裂，人心徒然地寻找重新连接的链环，那么这个回答就是荒谬性的第一个征兆。

舞台有崩塌的一刻。起床、搭电车、在办公室或工厂工作四小时、回家用餐、搭电车、工作四小时、回家用餐、上床睡觉，依着相同的规律，日复一日，从周一到周六，大部分时间都可以轻松地循着这样的轨道前行。然而，一旦某天心中浮现了"为什么"的疑问，一切就会开始变得令人厌倦与讶异。"开始"是很重要的。机械化的生活行动最终带来了厌倦，但同时也启动了意识的运作。厌倦唤醒了意识，引发后续的效应。所谓的后续效应，可能是无意识地重返生活的锁链，或是彻底地觉醒。而觉醒之后，随着时间的酝酿，就会出现结果：决定自杀，或是恢复原本的生活。厌倦本身有某些让人作呕的成分。但在此，我必须说这种感觉是好的。因为一切皆由意识启动；唯有通过意识，一切才有价值。这样的看法并无独特之处。但它不言自明：在我们概略认识荒谬的根源时，如此的见解暂已足够。如海德格尔（Heidegger）所言，仅仅"忧虑"便是一切的根源。

同样地，庸碌人生的每一天，时间载着我们前进。不过总是会来到那么一刻，换成我们必须驭着时间前进。我们依靠未来而活："明天""以后""当你担任某个职位""你年纪大了就会了解"。这些不相干的说法颇为奇妙，因为未来毕竟和死亡有关。突然有一天，一个人注意到或说自己已经三十岁了。他由此表示自己的青春已逝，但同时也借由时间来标示自己。他站在时间轴上。他承认了他属于某段曲线中的某个点，而他必须走完这段曲线。他隶属于时间，恐惧抓住了他，他知道时间是他最险恶的敌人。明天，他盼望明天，然而他的一切却拒绝接受它。肉体的反抗，就是荒谬。①

　　往下一步就会见到陌生的事物：我们发现了一个"浓密混沌"的世界，瞥见一块石头古怪至极、难以理解，而大自然或某片风景是如此强烈地否定我们的存在。在一切美好的深处藏着残酷的东西，这些起伏的山丘、柔和的天空、树林的剪影，顿时失去了我们所赋予的那些虚幻的意义，此后变得比失落的乐园更遥不可及。这世界的原始敌意，穿越了几千年的时光，再度朝我们袭来。我们一时之间

---

① 这并非适当的意思。这并不是荒谬的定义，而是列举一些可能包含荒谬的感受。尽管如此，也无法涵盖所有的荒谬感受。

不再理解这个世界，因为好几个世纪以来，我们只理解我们所给予它的那些形象与描绘；也因为从此以后，我们缺乏力量来使用这样的工具。而由于世界重新变回自己，它便逃离了我们的掌握。被习惯遮掩的这些布景重现原貌，与我们渐行渐远。如同有时候看着同一名女子的熟悉脸庞，我们会觉得这个几个月前或几年前曾经深爱过的人，如今却像陌生人一样，或许我们甚至会渴望突然让我们感到如此孤单的事物。不过那个时刻尚未来到。有的只是世界的难解与陌生，这就是荒谬。

人也会散发非人的气质。在某些清醒的时刻，他们机械化的姿态，被剥夺了意义的动作，使得他们周遭的一切都变得愚蠢可笑。某个人在玻璃隔板后面讲电话，听不见他的声音，但看得到难以理解的比手画脚。你不禁在想，他为何活着？这种面对人的非人性时所感受到的不安，这种面对我们自己的形象时所经受的难以预料的混乱，如同当代某位作家所称的"作恶"的感受——这也是荒谬。同样地，我们在揽镜自照时看见的陌生人，或在相簿中见到的那个既熟悉又让人担忧的孪生兄弟，这也是荒谬。

最终我要来谈论死亡，以及我们面对死亡的态度。关于这个问题，一切都已经说过了，只要避免陷入悲伤。然而，令人惊讶的是，活着的人仿佛没有人知道。这是因为，事实上没有人拥有死亡的经验。就根本的意义而言，人只能体会经验过的与进入意识层面的事物。在此，可能只能勉强谈及其他人的死亡经验。这只是替代品，是某种想象，向来并非十分让人信服。这种令人伤感的习惯做法不可能会有说服力。恐怖实际上是来自死亡事件的数学层面。时间之所以吓人，是因为它提出了问题，而解答则随后而至。所有关于灵魂的优美论述都将有力地证明它们的相反事物，至少有一段时间是如此。灵魂已经从那具了无生气、掌掴亦不留痕迹的肉体中逸散无踪。人生这场冒险最终的根本面向，就构成了荒谬感。人终将一死，命运显得无用。面对着掌控我们处境的残忍数学，没有任何道德或努力是合乎道理的演算。

再提醒一次，所有这些说法都已经反复讨论过。在此我仅是列出一个快速的分类，并指出那些显而易见的主题。这些说法在文学与哲学著作中俯拾皆是。日常的对话也摄入它们，完全不用重新创造。但必须确定这些显而易见的说法的真确性，才能探索最重要的问题。我再重复一遍，我所感兴趣的并非发现这么多的荒谬，而是荒谬所导致的结果。如果一个人确认了这些事实，他会做出什么结论？一个人如何能不逃避？要主动赴死，或者无论如何都怀抱着希望？事先在智识层面上探索一番是必要的。

* * *

心智的第一步行动是分辨真假。然而，当思想反思自身时，它首先便发现了矛盾。在此想要努力使人信服不啻白费力气。几个世纪以来，对此无人能比亚里士多德给出更清晰、更优雅的说明："这些意见经常导致自我摧毁的可笑结果。因为在断言一切为真之际，同时也肯定了相反的主张为真，结果造成我们原本的论点为假（因为相反的主张并不容许它为真）。而如果一切为假，那这个主张本身也是假的。如果我们宣称，只有与我们的主张相反者为假，或是，只有我们的主张不是假的，那么我们反而不得不容许无止境的真假判断。因为表达某个主张为真的人，同时也宣告它为真，以此类推，无穷无尽。"

这不过是让自我探索的心智迷失其中的第一个恶性循环。这些矛盾如此简单，却也不可化约。无论是文字游戏或逻辑杂技，要理解首先便要统一。心智的深层渴望，即便是它最复杂的运作方式，都会与一个人面对世界时所产生的无意识的感受相似：它需要熟悉感（familiarité），它渴望思路清晰。对人而言，理解世界意味着把世界化为人，把人的戳印盖在世界上。猫的世界不同于食蚁兽的世界。"一切思想都是人为的产物"，这样的道理再明显不过。同样地，对于力图理解现实的心智来说，唯有把现实化为思想中的词语后，才可能感到满足。如果人认识到宇宙本身也能爱，也会痛苦，那么他与宇宙之间的关系就会更和谐。假使思想在变化万千的种种现象里，发现了某些永恒的关系可以用来概述那些现象，而且可以进一步概括成独特的原则，那么，可以这么说，思想就获得了幸福，那些真福者（bienheureux）的神话便沦为可笑的模仿。这种对于统一的乡愁^①，对于绝对的向往，说明了人类戏剧的根本动力。然而，就算这种向往是事实，也并不表示它应当立即被满足。因为假使我们在跨越渴望与征服的鸿沟时，确认了巴门尼德（Parménide）^②所称的"一"（l'Un）（无论其所指为何）的真实性，那么我们就掉入了可笑的矛盾中：一个肯定全然统一的人，却在他的主张中体验到他声称已经解决了的自身的差异性与多样性。这是另一个恶性循环，足以扼杀我们的希望。

上述依然是一些显而易见的道理。再次申明，我们所关注的并非这些发现本身，而是从中推导出来的结果。我还知道另一个明显的事实：人必有一死。在此可将那些由此推导出极端结论的人包含在内。在本文中，我们必须不断参照我们想象自己知

---

① 编按：加缪惯以"乡愁"一词表达情绪或情感的根源，他认为许多思想本由情绪或情感所激发，经过理性思维产生虚假的论证，这便是人类的悲剧来源。

② 编按：公元前5世纪的古希腊哲学家。他主张真实变动不居，世间一切变化都是幻象，人不可依感官认识真实。

道的与我们真正知道的之间的差距，以及实际的认同与伪装的无知的差距。伪装的无知使我们怀抱着一些想法过日子，这些想法真要实现的话可能让一辈子都动荡难安。面对心智如此错综复杂的矛盾，我们将可以理解我们与我们的创造之间的离异。只要心智处在它希望的世界中，在这个静止的世界里保持沉默，那么一切将依其向往的统一被安排与反映。然而，当心智展开第一次运动时，这个世界就会崩裂倒塌：闪闪发光的无数碎片提供理解的泉源。但我们必将感到绝望，这个世界不可能再重建我们熟悉的面貌，带给我们内心平静的安然面貌。经过数个世纪的探寻，这么多思想家宣告放弃之后，我们深知这对于我们所知而言是千真万确的。除开专业的理性主义者，人们今日对标榜为真的知识都感到绝望。假如要编纂一部有意义的人类思想史，那应当是关于人类持续不断的沮丧懊悔与无力反击的历史。

的确，我可以对什么事物或人说出："我知道！"我可以感觉到我的心脏，所以我判断它是存在的。我可以触摸到这个世界，所以我判断它是存在的。我所有的知识就到此为止了，其余的都来自建构。因为如果我想要掌握这个我确信存在的自我，如果我试图去界定它与概括它，那么它不过如同从指缝落下的水滴。我可以画出一张张它所呈现的面貌，以及一切人们所赋予它的面貌，比如教育、出身、热情或沉默、高尚或卑劣。但我们无法添加面貌。属于我的这一颗心，对我来说永远难以界定。我对于自己存在的确定性，与我试图用来说明我所确信的内容，两者之间的鸿沟永远无法填平。我将永远是我自己的陌生人。在心理学上，如同在逻辑上，存在某些事实，却毫无真理可言。苏格拉底说"认识你自己"，其价值等同于在告解室中的"明德行善"。这些说法在透露出某种向往的同时，也流露出某种无知。这些都是徒劳的游戏，即便谈论的是重大的人生主题。它们是合理的只因为它们是相近的。

那些迎风摇曳的树木，我知道触摸起来质地粗糙；那些淙淙流水，我感觉到它冰凉的滋味。青草地的芬芳与暗夜星辰，以及让人心情放松的向晚时分，我如何能否认这个我可以体验到其力量的世界？然而，大地悄然无声，没有给我任何能让我确信这个世界真的属于我的讯息。你向我描写它，你教我对它进行分类。你列举它的律法，而我求知若渴，同意这些律法为真。你说明它的运作机制，而我的希望与日俱增。在最后阶段，你教导我，这个五颜六色、不可思议的宇宙可以化约为一颗颗原子，原子还可以分解为电子。这一切说法都很好，我等着你继续说下去。你谈及一个不可见的星系，所有电子绕着原子核运转。你以一幅图像向我解释这个世界的组成。于是我体认到，你化为诗歌，而我再也无法了解。我有时间对此感到气愤吗？你已经改变了理论。这个理应教导我一切的科学，最后却以假说收场，清醒的认识沉入隐喻中，而这样的不确定性则化为艺术作品。我需要付出这么多的努力去理解吗？连绵山丘的柔和线条，暗夜的手对激动的心的抚触，反而使我学到更多。我于是返回起点。我了解到，即便借由科学可以掌握种种现象，我也无法因此体会这个世界。假如我以手指描绘整片山丘的起伏，我对它依然一无所知。而你给我机会，让我选择：无法教导我什么但确切可信的描述，或是可以教导我但却毫不确切的假说。作为自己与这个世界的陌生人，我仰仗着某种一旦肯定便自我否定的思维方式，而且唯有在拒绝认识、拒绝生命的情况下，我才能获得心灵平静——这究竟是怎样的一种状况？而征服的渴望撞上了挑战的高墙，又是怎样的状况？是意志引发了矛盾。一切安排皆是为了带来那种被毒害了的平静，那是由轻率的思虑、沉睡的心或致命的弃世所产生的。

而智识也以它的方式对我说，这个世界是荒谬的。智识的相反，亦即盲目的理性，徒然地声称一切皆清晰可解。我等待有证据来证明它，我希望它的说法有道理。尽管这么多个世纪以来，它都自信满满，许多有识之士也雄辩滔滔，但我知道它是错的。至少在这个层面上，假如我无知的话便不会有幸福。这个普遍的、实践的或精神的理性，这个决定论，这种种解释一切的范畴，却含有某些让诚实的人发笑的因素。这种理性与人的心智毫无关联。前者否认后者环环相扣的深刻真理。在这个难以译解、有其局限的天地里，人的命运从此将获得意义。一个又一个的荒谬相继树立在眼前，团团将他包围，直至他走到终点。在他重新恢复的、如今在学习的明智中，荒谬感逐渐变得清晰与明确。我曾说世界是荒谬的，但我当时太快下定论了。我们能够指出的仅是，这个世界本身并不合理。而所谓的荒谬，是这样的不合理与人们想要理解的强烈渴望之间的对立。这种追求理解的呼声，回响在心的最深处。荒谬既取决于人，亦取决于世界。荒谬是人与世界之间的联系。荒谬将两者牢牢系住，如同单单仇恨就能将世人紧紧束缚起来。这是我在这个无边无际的宇宙中，唯一能够清楚辨别的事，而我会继续我的冒险。让我们在此稍作停留。这个支配我与生命的关系的荒谬性，假使我接受它为真的话，假使我坚信这个在大千世界中向我袭来的感受，假使我深信某种科学研究强加给我的明智，那么我应该为了这样的确信而牺牲一切，我应该为了维系这样的确信而直视我所确认的事物。尤其，我应该依据这样的确信来规范我的行为，而且无论它带来怎样的后果，都继续追随它。我在此谈论的是人面对自己所应有的诚实。不过我想事先知道，思想能否在这样的荒漠中存活。

* * *

　　我知道思想曾经踏入这片荒漠。它在那儿找到食粮。思想在那儿理解到，它迄今都是从幻想中汲取养分。而它也曾经为人类的反思中最迫切的几个主题寻找辩护的理由。

　　从承认荒谬性存在的那一刻起，它就成为一种热情，最撕心裂肺的一种热情。然而，了解我们是否可以与这样的热情共生，是否可以接受它的法则——在燃烧人心的同时，也激起人心的狂热——正是问题所在。但这并非我们将要探究的问题。它立于经验的核心，之后会有时间再回来讨论。我们现在先来看看生自荒漠的那些主题与冲动，列举出来就够了，其实那些今日也早已众所周知。始终有人在捍卫非理性的权利。这个被称为"被贬低的思想传统"，从未失去生气。针对理性主义的批判攻势一波又一波，似乎不必再费力去做。然而，在我们的时代，却见这样的诡论再度出现，努力在扯理性的后腿，仿佛理性果真一路向前。不过那丝毫不是理性的有效性与蓬勃希望的明证。就历史的层面而言，这两种态度的僵持说明了一个被撕裂的人的根本热情所在：他的内心始终在对于统一的呼求与他清楚地看见那些可能包围他的重重高墙之间拉扯。

　　然而，我们这个时代或许是史上对理性最为激烈的攻击。自从查拉图斯特拉（Zarathoustra）疾呼"理性碰巧是世上最古老的贵族。当我说在理性之上没有任何永恒的意志，我便把它赐给了万物"，自从克尔凯郭尔（Kierkegaard）提及这个致命之疾——"这种苦痛仅仅导致死亡，别无其他"——一个又一个有关荒谬思想的主题，折磨人心与意义重大的主题，就接踵而至。或者，至少对于非理性与宗教性思想的主题来说是如此；这个"至少"很重要。从雅斯贝尔斯到海德格尔，从克尔凯郭尔到舍斯托夫（Chestov），从现象学家到舍勒（Scheler），在逻辑与道德层面上，一整个思想家家族因乡愁而联结，在研究方法或目标上则互不兼容，但他们都致力于阻挡理性的康庄大道，并且努力寻回通向真理的正确道路。我在此假定，这些想法已为人所知，并且被体验过。无论他们的雄心壮志为何，或他们曾有怎样的抱负，所有人的出发点都是这个由对立、矛盾、焦虑或无能为力（impuissance）所统辖的、难以描绘的世界。而他们之间的共同点，正是我们直到现在所揭露的主题。同样地，对他们来说，尤为关键的重点是，他们可以从这些发现中推导出怎样的结论。这一点是如此重要，必须特别加以检视。但本文仅检视他们的发现与他们一开始的经验，我们仅关注他们的一致性。若是讨论他们的哲学思想会显得过于傲慢的话，那么呈现他们的共同氛围以便感受一番，至少是可以尝试的——无论如何，这样也已足够。

海德格尔冷静地思索人的处境后宣称，人的存在是受屈辱的。唯一真实的是整个存在结构中的"忧虑"。对于迷失在世界中的人，以及他的种种转变，这种忧虑是一种转瞬即逝、捉摸不定的恐惧。然而，当这个恐惧意识到自身，它就变成一种痛苦，是清醒之人永远摆脱不了的氛围，而"存在由此重回他身上"。这位哲学教授以最抽象的语言无畏地写道："人的存在的限定性与有限性，比起人本身更重要。"他对康德（Kant）颇感兴趣，但只是为了确认"纯粹理性"概念的局限。在分析的末了，他总结道："世界再也无法提供什么事物给痛苦的人。"事实上，他认为这样的忧虑超越了推理论证的范畴，以至于他仅思考与谈论这个主题。他举出忧虑的外显面貌，比如，当平凡人努力要平抚、减缓存在于自身的忧虑时，就会产生烦扰；当人沉思死亡时，就会惊惧缠身。他没有把意识与荒谬分开看待。死亡的意识，是忧虑的召唤，而"存在是通过意识，向自身发出属于自己的召唤"。死亡与痛苦的声音如出一辙，它恳求存在"从失落在无名的众生世界（l'On anonyme）中，重新回到自身"。对他来说，同样地，人不应沉睡，必须保持警戒直至生命终了。他孤身站在这个荒谬的世界中，他凸显了这世界短暂易逝的特征。他在一片废墟中寻找出路。

雅斯贝尔斯对所有的本体论皆感到绝望，因为他认为我们早已失去"纯真"。他知道我们完全无法超越表象的致命游戏。他知道心智终将以失败收场。他一直逗留在历史提供给我们的精神探险中，他毫不留情地指出每个系统的缺陷，展现想挽救一切的幻觉，揭露什么也遮掩不了的宣道说教

（prédication）。在这个荒芜的世界，认识的不可能性已经被证明，虚无似乎是唯一的真实，无可救药的绝望似乎是唯一的态度，而他试图重拾女神阿里阿德涅（Ariane）的丝线，领他通往神圣奥秘之道。

至于舍斯托夫，他则通过一部教人赞叹又直截单调的作品，全神贯注、毫不止息地朝向同样的事实迈进。他孜孜不倦地指出，最严密的系统、最具普遍性的理性主义，最后总是被人类思想中的非理性阻挠而告终。任何可笑的显而易见的道理，任何贬斥理性的微不足道的矛盾，都逃不过他的检视。他仅关注例外的现象，无论是来自情感还是理智的历史。通过陀思妥耶夫斯基式的死囚经验，通过具有尼采精神的愤懑的冒险，通过哈姆雷特（Hamlet）的诅咒或某种易卜生（Ibsen）式的贵族的苦痛，他探寻、阐明、颂赞人类对无药可救的世界的反抗。他拒绝理性的论证。身处这一片无色彩的荒漠中，所有确信都成为冥顽不灵的碎石，而他唯有带着某种决心才能踏出自己的步伐。

在所有这些学者中，最吸引人的也许非克尔凯郭尔莫属，因为至少在他部分的存在经验中，他不只发现了荒谬，他还过着荒谬的生活。这个曾写下"在所有的缄默中，最确凿的并非沉默不语，而是开口说话"的思想家，一开始就坚信没有任何真理是绝对的，没有任何真理可以让存在的不可能性本身变得令人满意。他追求知识的作风如同唐璜（Don Juan），而他所使用的笔名之多，则如同他的矛盾。他在写作《布道词》（Discours édifiants）的同时，也在撰写《诱惑者的日记》（Le Journal du Séducteur）这本愤世嫉俗的唯心论手记。他拒绝接受安慰、道德与安全可靠的原则。而对于内心所感受到的那根棘刺，他不断提醒自己不要减缓它所带来的痛苦。他反而唤醒痛苦。怀抱着甘愿受折磨的受苦者的那种绝望的喜悦，他逐渐建构出清醒（lucidité）、拒绝（refus）与假扮（comédie）——某种"着魔状态"（démoniaque）的概念。这张同时展现温柔与嘲笑的面容，以及种种继灵魂深处的呼喊而展现的回旋舞步，正是荒谬精神本身与它所不理解的现实争斗的结果。而让克尔凯郭尔走向他所钟爱的丑闻的精神冒险，同样是始于一个退去了背景，回到原初混沌失序的经验所带来的混乱状态。

在一个完全不同的层面上，亦即在探讨的方法上，胡塞尔（Husserl）与其他的现象学家，以各种方式重建世界的多样性，并且否认理性具有超越的能力。随着他们的研究，精神的宇宙变得充实丰盈起来。玫瑰花瓣、里程碑或人类的手，与爱情、欲望或万有引力定律同样重要。思考不再以某个大原则为前提，变得统一或相似。思考是重新学习去观看、去关注、去引导意识，是以普鲁斯特（Proust）的方式，使每个想法、每个形象都成为一个受重视的场域。吊诡的是，万事万物都备受重视。思考获得正当性的原因是它极端的意识性。胡塞尔式的思维方式，比克尔凯郭尔或舍斯托夫的想法更为正面，却在根本上否认理性的古典方法，使希望破灭，开放给直觉与情感去面对不断增生的现象，而其中容有某些非人的性质。这样的路径可以通往所有科学，抑或无路可去。这无异于表示，在此，手段比目的重要。它是关于"某种认识的态度"，而非作为某种安抚的手段。再次强调，至少一开始是如此。

　　对于这些哲人的思想，我们如何能不感受到他们之间的关系？如何能不看出他们站在一个荣耀又苦涩却毫无希望之处？我但愿一切都有解释，不然就什么都别说。面对心的呐喊，理性毫无能力。这样的坚持唤醒心智的寻寻觅觅，却只能找到矛盾与妄言。我所不理解的正是这样的妄言。这个世界充斥着非理性的人。这个我无法理解其独特意义的世界本身，是一团巨大的非理性。假若有这么一次能够说出"这很清楚啊"，那么一切都能解。不过，这些思想家竞相宣告，任何事物皆不清楚，一切皆混沌难明，而人只能清晰地理解到那一堵堵包围着自己的高墙。

　　所有这些经验皆彼此吻合与认可。来到边界地带的心智，必须做出判断，选择结论。在这儿就能见到自杀与答案。然而，我想要倒转顺序，从智识上的冒险出发，重新回到日常的行动。此处所提到的心智经验，源自我们不能弃之不顾的荒漠。至少应当知道，这些经验最后抵达何处。当人努力不懈地来到那里，眼前将是一片非理性的世界。他会在自己身上感受到对于幸福与理性的渴求。荒谬肇生于人的呼求与世界无理的沉默两者的遭逢与对峙。

我们切勿忘记这一点。我们必须紧紧抓住这一点，因为从中能够推导出人生的所有后果。非理性、人的乡愁，以及两者遭遇时所产生的荒谬，是这出戏的三个角色，而这出戏最后必然结束在使存在具有可能的全部逻辑上。

哲学的自杀

然而，荒谬感并非因此就是荒谬的概念。荒谬感建立起荒谬的概念。荒谬感不限于荒谬的概念，除了当它提出对世界的判断这个短暂的瞬间。对荒谬感来说，还有很长的路要走。它是生气勃勃的，也就是说，它必然会死去，或是产生更深远的回响。这是本文到目前为止所归结的主题。但同样地，我所感兴趣的不是那些著作或思想家本身——对于他们的评论需要采取另外的形式，另文发表——而是去发现他们各自的结论之间的共同点。或许，思想家们的主张从未如此相异过。然而，我们可以看见他们所经历的精神风景是相似的。同样地，尽管研究路径相异，在旅程结束时却以相同的方式发出呐喊。我们可以清楚地感受到这些思想家之间弥漫着某种共同的氛围。说这股氛围是致命的并非玩笑。生活在这片沉闷窒息的天空下，迫使人选择离开，要不就是留下。重要的是去了解前者如何出走，以及后者为何留下。由此我界定出自杀的问题，以及存在哲学的结论中可能的有趣之处。

容我暂先离题。直至目前，我们的做法是从外部来确定荒谬的范畴。然而，人们可能会问，荒谬的概念中有哪些是清楚的，并通过直接的分析，一方面试图找出它的意义，另一方面则努力发现它所导致的结果。

假使我指控某个无辜的人犯下重罪，比如我说某个品德兼备的人对自己的姊妹有非分之想，他会回答说："这太荒谬了。"如此的愤怒有其滑稽的一面，但也有其深刻的道理。借由这样的反驳，他指出了存在于我指控他所做出的行为，与他一生的行事原则，两者之间的重要矛盾。"这太荒谬了"的意思是"这完全不可能"，也意味着"这矛盾极了"。假使我看到一个人单手白刃去攻击一群持有机枪的人，我会认为他的行动是荒谬的。但这不过是因为他的意图与他所面对的现实不成比例，或是因为我所见到的他的实际力量与他的目标之间的矛盾。同样地，当某个判决与另一个在表面上依照事实所做出的判决完全相反时，我们会以为前者是荒谬的。同样地，当某个论证被说成是荒谬的，是因为它的推理结果与我们想要建立的逻辑间存在落差。从最简单的到最复杂的一切情况，荒谬性的程度会因为做比较的两个项目之间的差距而增加。举目所见，有荒谬的婚姻、荒谬的挑战、荒谬的怨恨、荒谬的沉默、荒谬的战争与荒谬的和平等。对于任何一个来说，荒谬皆来自比较。我于是可以说，荒谬感并非来自对某个行为或印象的检验，而是在比较某个真实事件与某种现实、比较某个行动与超越它的世界之后，才迸发的感受。荒谬在本质上是一种离异。它不属于比较者的任何一方。它诞生于这些项目之间的对抗。

在智识层面上，我于是可以这么说，荒谬既非存在于人（如果如此的隐喻有任何意义的话），亦非存在于世界，而是存在于两者的同时在场。现在它是两者间唯一的联系。假使局限于明显的事实来谈，我知道人希求什么，我也知道世界提供给他什么，而我现在还可以说，我知道联结人与世界的是什么。我不需要再挖掘得更深。单单这个确定性，就足以使探究的人满意。他仅仅需要从中推导出所有的结果。

而立即的结果也是一种方法准则。如此所揭露的非比寻常的三位一体论，完全不是突然发现的新大陆。它与那些经验的主题具有共同点，亦即它极为简单，也极为复杂。它的第一个特征是无法被分割。摧毁三个项目中的任意一个，就摧毁全部。荒谬无法存在于人心之外。荒谬如同所有事物，会随着死亡的到来而结束。荒谬同样也无法存在于这个世界之外。基于这个基本的判准，我以为荒谬的概念具有根本上的重要性，而且它可以作为我的第一个真理。这就是前述提及的方法准则。假使我判断某件事为真，我就必须保存它。假使我想要解答某个问题，那么我至少不应该逃避问题中的某个项目。对我来说，唯一已知的就是荒谬。重点是去了解如何走出荒谬，以及是否可能从这样的荒谬中推导出自杀的结果。我的探究的第一个条件，实际上也是唯一的条件，是去保存压垮我的事物，进而尊重其中我所认为具有根本重要性的东西。而我刚刚定义它是一种对抗与不断的挣扎。

把这个荒谬的逻辑推展到底的话，我必须承认这场挣扎意味着毫无希望（但这与绝望无涉）、持续不断的拒绝（不应与弃世混淆），以及自觉的不满（不等同于年轻人的不安现状）。所有摧毁、逃避与解除这些要求的事物（比如，首先，赞同会摧毁离异），皆会摧毁荒谬，贬低可能由此提出的态度。唯有在不被赞同时，荒谬才有意义。

* * *

显然存在着一件似乎完全合乎道德的事情：人总是成为他所服膺的真理的牺牲品。一旦接受了这些真理，人就无法摆脱它，也不得不因此付出代价。逐渐对荒谬有所自觉的人，永远都无法摆脱荒谬。一个知道自己不带任何希望的人，再也不属于未来。这是不言而喻的。他会努力逃避他作为创造者的宇宙。这也是必然的。唯有在他思索这个矛盾后，一切才有意义。在这一点上，没有什么比现在就去检验人们的思考方法更具帮助的事了，亦即人们究竟如何从对理性主义的批评开始，接受了荒谬的氛围，并且推导出他们的结果。

然而，如果仅限于谈论存在哲学，我发觉所有思想家都建议我逃避，无一例外。他们在一个封闭的、局限于人的世界中，踏着理性的废墟从荒谬出发，进行某种奇特的推论。他们以这样的思考方式，把压垮他们的事物神圣化，并且在造成他们一无所有的原因中，找到某种怀抱希望的理由。这种不可抗拒的希望带有宗教性质，存在于他们所有人身上。这值得讨论一番。

在此仅分析舍斯托夫与克尔凯郭尔所特有的某些主题，作为例子。不过，首先雅斯贝尔斯将提供给我们这种态度的典型例子，他的说法将被极度推展。如此一来，针对其余两人的探讨会更为明朗。雅斯贝尔斯表现出他无力理解超越性（le transcendant），无法探究经验的深层机理，他意识到这个因失败而混乱的宇宙。他将继续前进，或至少从这个失败中归结出结论？他没有带来任何新的说法。除了坦承无能为力，他在经验中一无所获，也没有机会推导出任何令人满意的原则。然而，在自知无正当理由的情况下，他却写道："在一切的解释、一切可能的诠释之外，失败并非说明了虚无，而是超越性的存在。"他突然肯定了超越性、经验的存在性与人生超凡的意义。超越性的存在，通过来自人的自信的一个盲目行动，突然就解释了一切，他将它界定成"一般性与特殊性的不可思议的统一"。如此一来，荒谬就变成了神祇（从该词最广泛的意义来解读），而那种在理解上的无能为力，就变成照亮一切的存在。这样的论证毫无逻辑根据，可以称它为一种思想上的跳跃。吊诡的是，雅斯贝尔斯使超越性的经验变得无法实现，但他对此的坚持与耐性却可以让人理解。因为超越与经验愈接近，这个定义就愈显空洞，而这个超越性对他也就愈真实，原因是他在肯定超越性上所表现的热情，恰恰与存在于他的解释能力和来自世界、经验的非理性之间的差距成正比。由此看来，雅斯贝尔斯愈是摧毁理性的成见，他便愈是以激进的方式来解释这个世界。作为这个"被贬低的思想传统"的门徒，他将在这种备受贬低的状态的最极端处，找到方法使存在得以彻底获得再生。

神秘的思想使我们熟悉了上述的推论方式。它与任何思考态度一样合理。不过，就目前而言，可以看出我好像特别看重某个问题。先别论断这种态度的一般价值与它能否让人受益，我仅仅想要思考，它是否能响应我所考虑的条件，它是否符合我所感兴趣的冲突问题。因此我再度回到舍斯托夫的讨论上。某位评论者转述了他的一段值得注意的文字。他这么写道："确切而言，唯一真正的解答，是人类无法寻求解答。不然的话，我们为何需要上帝？我们转向上帝只是为了获得不可能的事物。至于可能性的事物，人们自己就能够提供。"假使存在一种舍斯托夫式的哲学，这段话便整个概括了它的精神。因为在他充满热情的分析结束之际，当他发现了所有存在的基本荒谬性时，他完全没有说"这就是荒谬"，而是说"这就是上帝：我们必须信赖他，即便他与我们的理性背道而驰"。为了避免混淆，这位俄罗斯哲学家甚至暗讽，这位上帝也许充满恶意、令人厌恶、难以理解，并且矛盾重重，甚至他的容貌愈是可憎，他愈声称拥有万能的力量。他的崇高就是他的不合逻辑。他的证明便是他的非人性质。人必须跳入他的怀抱，而如此纵身一跳就能摆脱理性的幻觉。于是，对舍斯托夫而言，接纳荒谬与荒谬本身同时发生。意识到荒谬即接受荒谬，而有关荒谬思维的一切逻辑努力，则是揭露荒谬，以便使它所引导的巨大希望能够同时出现。我再次提醒，这样的态度是合理的。但是在此，我坚持只思考单一问题及其导致的全部结果。我不需要检验某个思想或某个信仰行为的情感面。我有一生的时间可以这么做。我知道理性主义者认为舍斯托夫式的态度令人恼怒。不过，我也意识到舍斯托夫有充分的理由去反对理性主义者，而我只是想要了解，他是否持续对荒谬的命令保持忠诚之心。

　　然而，假使承认荒谬是希望的对立，那么可以见到，对于舍斯托夫来说，存在的思想是以荒谬为前提，而它证明荒谬的存在只是为了消除荒谬。这个思考上的微妙之处是某种情感性诡计。另一方面，当舍斯托夫把荒谬对立于一般道德与理性时，他也把荒谬称为真理与救赎。于是对于荒谬的这个定义，舍斯托夫基本上是赞同的。假使我们接受荒谬的力量来自它和希望的对立，假使我们认为荒谬为了继续存在而要求我们不要赞同它，那么清楚可见的是荒谬失去了它的真正面貌，以及它的人性的、相对的特质，以便获得既无法理解又令人满意的某种永恒之境。然而，假使荒谬存在的话，它是存在于人的宇宙中。当荒谬的概念转型成为永恒的跳板，它就不再与人的清醒相系。荒谬不再是那个人所观察到但不予以赞同的明显事实。挣扎于是被规避了。人把荒谬整合进来，在这种融合的状态中，导致荒谬的根本特质（对立、撕裂与离异）消失。如此的思想跳跃，就是一种逃避。舍斯托夫极爱援引哈姆雷特的名言，当他写下"时间错位脱节了"这句话时，他似乎怀抱着他特有的顽强的希望。因为哈姆雷特并非以同样的方式说出这句话，而这也不是莎翁写作的原意。非理性的陶醉感与狂喜的召唤，使得明智的人背离了荒谬。对舍斯托夫而言，理性空洞无益，但在理性之外，还存在某些东西。对荒谬之人而言，理性空洞无益，而且在理性之外什么都没有。

这样的思想跳跃至少可以让我们更加明白荒谬的本质。我们知道，唯有处在某种平衡状态中，荒谬才有意义。荒谬首先是存在于比较之中，而且完全不属于比较的任何一方。而舍斯托夫恰好把所有砝码放在其中一个项目上，因此破坏了平衡。我们对理解的渴望、我们对于绝对的乡愁，唯有在我们能够确切理解与解释许多事情时，才能被解释。全然否定理性是没有意义的。理性有其有效的范畴。而这正好是属于人类经验的范畴。这就是我们想要万事万物清楚可解的原因。假如我们无法理解，假使荒谬肇始于此，它就是诞生于有效但有限的理性与不断复活的非理性的交会点上。然而，当舍斯托夫反对黑格尔（Hegel）式的主张，像"太阳系的运动是按照永恒不变的法则，这些法则就是它的理性"，当他倾注全部热情拆解斯宾诺莎（Spinoza）式的理性主义，他所导出的结论正支持了所有理性的虚幻。通过这自然却不合理的态度逆转，他赋予了非理性优势地位。[①] 但推论的过程并非明白无误。因为在此可能会有"限度"与"层面"的问题。大自然法则的有效性有其限度，超过了该限度，它会转而反对自身，产生荒谬。或者，大自然法则在描述的层面上可以成立，在解释的层面上却无法成立。在舍斯托夫的论述中，一切均牺牲给了非理

---

① 尤其是涉及反亚里士多德的例外概念。

性，理解的要求被规避了，而荒谬则随着比较而消失不见。相反地，荒谬的人并不会采取这种抹平一切的做法。他接受挣扎，但并不鄙视理性，也接纳非理性。在这样的视角下，他拥抱经验的所有主题，他很难在理解之前就进行思想上的跳跃。他仅仅知道，在如此专注的意识下，不再容有希望存在的空间。

在舍斯托夫的论述中可感受到的，在克尔凯郭尔的著作中也许更加明显。确实，想从一名如此捉摸不定的作家身上勾勒出清楚的主张并不容易。然而，在种种的笔名、游戏与笑声之上，尽管某些论著明显彼此对立，但顺着克尔凯郭尔的书写风格一路读下去，却可以感觉到像是浮现出某种预感（同时含有担忧）——那是对于在最后几部著作中终于爆发出来的某个事实的预感：他同样也做了思想上的跳跃。基督教曾经让克尔凯郭尔的童年如此不安，但他最后重新回到它最严峻的面貌上。对他来说，矛盾与悖论同样成为信仰者的标准。于是，同样导致对人生的意义与深度感到灰心的事物，如今却为他带来真理与理解。基督教便是丑闻，而克尔凯郭尔所坦率要求的恰恰是罗耀拉①所要求的第三个牺牲，亦即最让上帝感到高兴的牺牲："知性的牺牲②"。这个"思想跳跃"的结果着实奇怪，却不再使我们感到惊讶。他把荒谬变成另一个世界的标准，但事上荒谬不过是这个世界的经验的某种残余。克尔凯郭尔写道："信仰者在他的失败中取得他的胜利。"

我不必去思索这样的态度连接了哪个动人的宣教。只需要自问，荒谬的景象与其特性能否让这个态度获得合理的解释。对此，我知道答案是否定的。重新思考荒谬的内容，可以更加理解启发克尔凯郭尔的方法。就世界的非理性与反抗荒谬的乡愁而言，他无法维持两者的平衡。他并未尊重两者的关系，但严格而言，正是两者的关系造

---

① 编按：罗耀拉（Ignace de Loyola, 1491—1556），耶稣会的创立者。
② 也许有人认为我在此忽略了根本的信仰问题。但我并非在检验克尔凯郭尔的哲学，或是舍斯托夫的哲学，或是稍后将提及的胡塞尔的哲学（若要检验，可能需要另文为之，以及采取另一种思考态度），我从他们的论著中借来某个主题，然后检验它的推论结果是否符合已然确立的规则。这只是坚持与否的问题。

成了荒谬感。尽管他肯定无法逃避非理性，但他至少可以逃开这个对他来说徒劳又无意义的绝望的乡愁。然而，假使他在这一点上的判断有理，他却无法在否定之中也同样站得住脚。假使他借由狂热的信仰来取代反抗的呼声，就会导致他无法了解迄今一直启发他的荒谬，并且使他把之后所拥有的唯一的确定性（亦即非理性）给神圣化。加里亚尼教士（l'abbé Galiani）曾经对艾比奈夫人（Mme d'Epinay）说，重要的并非痊愈，而是与病痛共存。克尔凯郭尔却想要痊愈。痊愈是他狂热的誓愿，在他的日记中俯拾皆是。他在智识上的所有努力，都是为了逃避人在处境上的矛盾。正因为他时而瞥见自己的努力空虚徒劳，这份努力才让人更加绝望，比如，当他谈论自己时，他说既非对上帝的敬畏，亦非虔诚之心，可以为他带来平静。于是他通过某种痛苦的借口，让非理性获得形貌，让他的上帝获得荒谬的属性：毫无道理、不合逻辑与无法理解。而他内在的智识，则独自试图去遏制来自人心深处的呼求。由于什么也无法被证明，所以一切皆被证明。

正是克尔凯郭尔本人向我们揭露了所采取的路径。在此我无意暗示任何事，但是在他的著作中，必然会见到一种灵魂刻意的毁坏，以平衡对荒谬的毁坏。这是在他的《日记》(*Journal*) 中反复出现的主旋律。"我所缺乏的是同样属于人类命运的兽性……所以，请给我一具肉体吧。"他在几个段落后写道："哦！尤其在我年轻的时候，我并没有致力于长大成人，甚至连六个月的时间都没有……我所欠缺的，其实是一具肉体与存在所需的身体条件。"在其他的段落中，有如此体悟的同一个人却呼喊着希望。这么多个世纪以来，对希望的呼喊曾经激励过如此多的心灵，除了荒谬的人。"但对基督徒而言，死亡绝不是一切的终结，死亡包含无穷无尽的希望，比生命给予我们的还要多，甚至当我们身强体健时也比不上。"通过丑闻来和解依旧是和解。这么做或许能从希望的反面（亦即死亡）推导出希望。然而，即便因为经历相同而使人倾向这种态度，也必须指出，过度的做法无法合理化任何概念。据称这已经超出了人的尺度，所以必定超乎常人的理解。不过上述的"所以"两字是赘字，因为此处全无逻辑上的确定性，也没有实验上的可能性。我所能说的只是，这的确超出了我的尺度。即便我没有从中推导出否定的答案，但至少我完全不想要任何建立在不可理解性上的事物。我想要知道自己能否依照自己所知的一切来过活，而且仅仅依照这样的知识。我听说：人的智识应当放弃自身的傲慢，理性也应退让一步。然而，就算我承认理性有所局限，但我并不因此就否定它的存在，我还是接受它所保有的相对能力。我只是希望自己走在中道上，因为智识能够维持清晰。这样的做法如果算是傲慢的话，我看不出有什么足够的理由要放弃它。比如，没有什么观点比克尔凯郭尔以下的主张更深刻：绝望并非一种事实，而是一种状态，罪的状态。因为罪即远离上帝。然而，荒谬是觉醒的人所拥有的形而上状态，它并不通往上帝①。容我提出以下这个其实荒唐至极的说法，或许这个概念看起来会更为明白：荒谬是没有上帝的罪。

这个荒谬状态的问题是，如何在其中俯仰生

① 我并非说，"它排除上帝"；如果这样说的话，依旧是肯定上帝。

息。我已经知道它建立的基础，而另一方面，人与世界彼此相倚，却无法相融。我问这种状态的生存规则为何，而我所获得的建议是：忽略它的基础，否定痛苦的对立，并且做出某种放弃。我问我所确认属于我的这个状况会引起怎样的后果，我知道它晦涩难解且无从得知，而我得到保证说：这种无从得知的感受就可以解释一切，这片黑暗就是我的光明。可是没有人对我的意图有所回应，而我这股激动的热情只是让我看见矛盾。所以我们必须改变方向。克尔凯郭尔可能也发出了警告的呼喊："假使人不具有永恒的意识，假使在万物的深处仅存在狂野沸腾的力量，在晦暗不明的热情旋涡中生产着崇高又琐碎的一切事物，假使在所有事物底下潜藏着什么也无法填满的无底虚空，那么人生若非绝望的话，究竟是什么？"这声呼喊无法阻止荒谬的人前进。寻找真实的事物，并非寻找合乎愿望的事物。假使为了逃避"人生究竟为何"这个让人焦虑的问题，必须像头驴子般宁可从幻觉的花海中汲取养分，也不对谎言低头，那么荒谬的人会无所畏惧地采取克尔凯郭尔的答案："绝望。"考虑过一切，一个坚决的灵魂总会自有安排。

* * *

请允许我姑且把这样的存在的态度称为哲学的自杀。但这并不意味着某种判断。它只是一个方便的方式，用来指称某种思维活动：思想否定自身，并借由这样的否定超越自身。对于存在哲学的思想家而言，他们所否定的就是他们的上帝。严格来说，这个上帝唯有借由否定人的理性，才能获得支持。① 然而，如同自杀的问题一般，神也是随着人的不同而有不同面貌。尽管思想跳跃有多种方式，但重点是"跳跃"。这些带来救赎的否定，这些否定尚未跳过的障碍的最终矛盾，可能来自某种宗教的启发（这是这个推论所针对的矛盾），也可能出自理性层面。这些否定与矛盾的想法始终追求着永恒，而仅仅因为如此，它就进行了思想上的跳跃。

---

① 再次申明：此处所质疑的并非对上帝的肯定，而是推导出这个结论的逻辑。

必须再度说明，本文所进行的推论，完全未将在我们这个开明的世纪最广为接受的精神态度纳入考虑：立基于"一切皆理性"的原则，并以解释这个世界为目标。当我们接受了世界应当清楚可解的这个观念，理所当然就会赋予世界一个清晰的观点。这相当合理，可是本文的推论对此并不感兴趣。因为我们的目标是阐明思考运作的方法：如何从某种宣称世界不具意义的哲学出发，到最后能够从世界之中找到某种意义与深度。在这些思考方法中最具情感性者，也是最具宗教性的，而它明显存在于非理性的主题中。然而，最吊诡、最具意义的方法肯定是：以理性论证来解释它原本以为毫无指导原则的世界。无论如何，必得针对这种新的怀旧精神予以阐释，才能获得我们的结论。

我接下来将单独检视由胡塞尔与现象学家提出，并成为学术潮流的"意向"（l'Intention）这个主题。这在之前已经间接提过。胡塞尔式的方法原本就否定了理性的古典方法。我们在此再重新介绍一次。思考并非以某个大原则为前提，将表象变得统一与相似。思考是重新学习去观看，去引导意识，使每个形象都成为一个受重视的场域。换句话说，现象学拒绝解释世界，它只想为实际经验进行描述。在现象学最初的主张中，与荒谬的思想一致，认为完全不存在单一的真理，我们有的仅是多样的真理。从晚风到搭在我肩上的那只手，每个事物都有各自的真理。而意识借由投向事物的注意力，照亮了事物。意识并不会创造客体，仅仅是关注客体，它是一种投注注意力的行动。借用柏格森式的说法，意识就像个投影机，把焦点投放在某个形象上。差别在于，并没有固定的剧本，只有连绵不绝、不合逻辑的图像。在这个魔术灯箱里面，一切的形象全都受到重视。意识使它关注的客体处于悬浮状态。意识经由它惊人的力量，一一分离这些客体。而这些客体此后都处于判断之外。正是这个"意向"，标示了意识的特点。然而，"意向"这个词并不包含任何目的论的观念，它只是借用"方向"的意义：它仅有地形学上的价值。

乍看之下，现象学的论述似乎与荒谬的思想没有任何抵触之处。现象学思想显得极为谨慎，仅局限于描述它拒绝解释的事物；这个有意识的纪律与节制，吊诡地衍生出极为充实丰富的经验，而且在它的絮絮叨叨中，世界因此获得重生——这种种做法也都属于荒谬的方法。至少，乍看之下是如此。因为在此处或他处，思想的方法向来具有两个面向，即心理学的面向与形而上学的面向。[①] 于是，思想的方法因此就包含两个真理。假使意向性（l'intentionalité）的主题仅声称可以阐明心理学上的态度，借此真实将被彻底挖掘，而不是被诠释，那么谁也无法把它与荒谬思维分开。意向性主题以列举它无法超越的事物为目标。它仅仅肯定，在缺乏统一的原则的情形下，思想仍旧可以描述与理解经验的每个面貌。于是，对于经验的每一个面貌来说，"真理"的问题就属于心理学层面。这样的真理仅证明了现实可能呈现出的"价值"。这是一种唤醒沉睡世界，让它活跃在思想中的方法。但是假使想要合理地建立与扩大这个真理的概念，假使因此宣称发现了每个认识上的客体的"本质"所在，那么我们就恢复了经验的深度。对荒谬的人来

① 就算是最严格的认识论也必须以某些形而上学为前提。甚至大部分当代思想家的形而上学就只有一种认识论。

说，这是难以理解的。然而，这个从谨慎到确信的摆荡明显存在于意向的态度中，而现象学思想所发出的这道闪光，将比任何说法更能阐明荒谬的推理。

胡塞尔也谈及由意向所揭露的"超时间本质"（d'essences extra-temporelles），让人顿时想起柏拉图。不以单一事物来解释所有事物，而是以万物来解释万物。我看不出差别。确实，意识所"实现"的观念或本质，尚不能被视为完美的典范。但是这些观念或本质被确信，出现在所有知觉的主题中。不再有单一的观念可以解释一切，而是有无限多的本质可以赋予无限多的客体意义。世界停住不动，但变得一清二楚。柏拉图式的实在论（réalisme）变得直观，但依旧还是实在论。克尔凯郭尔沉浸在他的上帝里面，巴门尼德的思绪则坠入一统之道中。但在此处，胡塞尔却热衷于某种抽象的多神论。更惊人的是：幻象与空想同样也属于"超时间本质"的一部分。在观念的新世界中，属于半人半马的怪物将与较为谦逊的城市人种携手合作。

对荒谬的人来说，在这个世界万千面向皆独特的纯粹心理学的观点中，有真理也有苦涩。万物皆独特等于是说万物皆相等。然而，这个真理的形而上的层面更加深远，以至于，经由某种基本的反应，荒谬的人感觉更加接近柏拉图。事实上他被教导，一切的形象皆以某个同等重要的本质为前提。在这个没有阶层的理想世界中，正式的军队一概由将军组成。超越性无疑被消除。然而，思想的突然转折，把某种恢复宇宙深度的内在性（immanence）碎片重新带入世界中。

我是否应该担心我把这个由思想家谨慎阐释的主题扯得太远了？我只读到胡塞尔说："真实的事物本身就是绝对真实的；真理即是一，等同于自身，无论觉察到它的是哪一种生物，人、怪物、天使或神仙。"这些主张明显存在矛盾，但假如我们接受先前的说法，便可以感受到它严格的逻辑性。理性通过这样的声调吹奏胜利的凯歌。我无法否认这一点。在荒谬的世界中，他的主张表达怎样的意义？天使或神仙的感知，对我来说都毫无意义。而那个由神圣的理性认可的理性的几何学领域，永远都是我无法理解的。在此我再度看到某种思想上的跳跃，尽管表现得极为抽象，但对我而言它意味着遗忘那些我恰恰不想忘掉的事物。胡塞尔在之后的段落中声如洪钟地说道："假使服膺万有引力定律的一切物体消失，该定律并不会因此被摧毁，只不过处于无法应用的状态。"听到如此说法，我知道我面对着某种形而上学的安慰。假使我希望发现思想明显脱离证据之路的转折点，只需重读胡塞尔有关心智的类似推论："假使我们能够清楚地思索心理过程的正确法则，那么这些法则同样会是永恒不变的，如同理论性自然科学的基础定律。因此即使不存在任何的心理运作过程，这些法则依然有效。"即便并不存在心智，仍然有它的法则存在！我于是明白，胡塞尔企图把某种心理的真理变成理性的规则：他否定了人类理性的整合能力，却借由这个迂回的策略做思想的跳跃，跃入了"永恒的理性"之中。

所以胡塞尔的"具体的宇宙"（l'univers concret）也就不令我惊讶了。假使认为所有的本质并非都是形式上的，也含有物质的，而前者是逻辑的，后者是科学的，我认为这都只是定义的问题。我听说抽象性只意味着具体的普遍性中那个本身不一致的部分。然而，概念上的摇摆不定使我得以阐明这些用语上的混淆。因为这可能意指我所注意到的东西，比如这片天空或是水波映在大衣衣角的反光，是我所感兴趣的真实之物。我并不会否定它。但是那可能也意味着，这件大衣本身拥有普遍性，具有它特殊而充分的本质，隶属于形式的世界。我于是了解到，不过是过程的改变。这个世界不再是一抹投射在更高宇宙上的倒影，形式的天空则是地上万象集合而成。对我而言，这并没有改变任何事情。相较于面对具体的体验，也就是人类的处境，我发现一种不限于概括具体性本身的理智主义（intellectualisme）。

* * *

对于这个通过贬低理性与荣耀理性这两条对立之路而造成思想否定自己的明显矛盾，我们无须感到讶异。从胡塞尔的抽象的上帝到克尔凯郭尔的闪耀的上帝，差距并不大。理性与非理性都通往相同的宣道说教。事实上，走上哪条路并不重要，抵达目标的意志就已足够。抽象哲学家与宗教哲学家从相同的苦恼出发，在相同的焦虑中相互支持，但关键是解释的方式。乡愁比知识更强大。重要的是，当时这股思想潮流既是探讨世界之无意义的哲学中最具影响力的，也是导出最具分歧的结论的。它持续地摆荡在真实的极端理性化与极端非理性化之间，前者将真实分成种种的理性形态，后者则将真实神圣化。两者的差异只是表面上的，问题在于相互调解。而对两方而言，只消进行思想跳跃就能化解分歧。我们总是错误地以为，理性的概念是一条单行道。事实上，无论理性概念的野心有多么大，它并不因此就不会如同其他概念一样摇摆不定。理性佩戴着一副全然属人的面具，但它也懂得转身朝向神圣的领域。从第一位调和理性与永恒的思想家普罗提诺（Plotin）① 以来，理性学会了背离它最珍贵的原则，亦即"矛盾"，以便把最古怪、最神奇

---

① 编按：普罗提诺（英语 Plotinus, 204—270），出生于埃及的罗马哲学家。他创立了新柏拉图学派。

的"参与"原则整合进来①。理性是思想的工具，而非思想本身。终究，人的思想便是他的乡愁。

如同理性能够缓和普罗提诺式的忧郁，理性也提出了让现代的焦虑得以在熟悉的永恒背景中镇静下来的方法。荒谬的人运气就没那么好了。世界对他来说并非如此理性，也没有因此而更不理性。世界是不合理的，就这样。胡塞尔的理性最终毫无限制。相反地，荒谬则限定了理性的范围，因为理性无法使它的焦虑冷静下来。而另一方面，克尔凯郭尔则主张，只要存在任何限制，就足以否定理性。但是荒谬并没有走到这么远。对荒谬而言，限制只是针对理性的野心罢了。对于非理性，如同存在哲学的思想家所说的，是理性否定自身而变得混乱及逃避。所谓的荒谬，则是清醒的理性，正看着自身的限制。

---

① A. 在那个年代，理性必须适应，不然就会消亡。理性于是做了适应。随着普罗提诺的思路，理性从逻辑性的变成美学性的。隐喻取代了三段论述。

B. 此外，这并非普罗提诺对哲学的唯一贡献。这一整个思考态度已经完全包含在亚历山大学派的思想家所珍视的理念中，其中不只有对于人的理解，也有对于苏格拉底的理解。

正是在这条艰困道路的终点，荒谬的人认清了他的真正动机。在比较了内在的呼求与外在所给予的之后，他顿时领悟到，他将改变方向。在胡塞尔的宇宙里，世界清澄明晰，而人心对于熟悉感的长久渴望则变得毫无用处。在克尔凯郭尔的启示录中，要想满足清楚理解的渴望，就必须放弃这个渴望。罪过不在于理解（如果是的话，那么每个人都是无辜的），而在于对理解的渴望。确实，这正是荒谬的人所能意识到的唯一罪过，它是罪也是无罪。解决之道是，所有过往的矛盾只不过是论辩的游戏。但他对这些矛盾的感受并非如此。他们的矛盾无法解决，必须保留这样的真相。他不想要听别人的宣道说教。

而我的论证想要忠于那些唤醒他的证据。那个证据就是荒谬，就是存在于渴望的心智与使人失望的世界之间的离异，就是我关于统一的乡愁，就是这个破碎的宇宙，就是将以上这一切联系起来的矛盾。克尔凯郭尔压抑了我的乡愁，而胡塞尔则重新将这个宇宙聚合成形。这并非我所期待的结果。重点是如何与这些撕裂共存并思考，弄清楚是否应该接受它或拒绝它。问题不是去遮掩那些显而易见的事实，或是借由否认荒谬方程式中的一项，因而抑制荒谬。应当去了解我们能否生存其中，或者逻辑是否会命人为它而死。我对哲学的自杀并不感兴趣，我只是关注自杀的问题。我仅希望除去自杀的情感性内容，认清它的逻辑与诚实。而所有其他的立场对荒谬的人而言，都意味着心智在面对自己所揭露的一切时，所表现出的回避与退缩。胡塞尔认为要服从欲望，逃离"在某种已经极为熟知与舒服的存在条件下，有关生存与思考的根深蒂固的习惯"，然而，他最后所做的思想跳跃，却恢复了永恒与其所带来的舒适。另一方面，思想的跳跃并未如克尔凯郭尔所希望的一般，代表一种极端的危险。相反，危险出现在思想跳跃前的微妙瞬间。能够泰然自若地站在这个令人眩晕的山脊上——这就是诚实，其余的反应都是托词。我也知道，无能启发出的克尔凯郭尔那种动人的和谐感，是前所未见的。然而，尽管在漠然的历史景致中，无能为力有其一席之地，但它无法在如今已然重要的推理中立足。

荒谬的自由

　　主要的论点已经叙述完毕。我抓住了几个我无法推斥的明显事实。我所知道的事、千真万确的事、我不能否认的事、我不能拒绝的事——这些才重要。我可以否定沉湎于不明确的乡愁的那个我，而我的其他部分，比如对于统一的愿望、对于解决问题的渴望、对于思路清晰与条理的要求，则予以保留。对于周遭世界触犯我或使我激动的一切，我可以加以驳斥，但不包括这团混沌、这个主宰的机会，以及这个来自混乱状态的神圣同等物。我不知道这个世界是否有一个超越它自身的意义。但我知道我并不了解这个意义，而且我目前也不可能了解。如果跳离我的生存处境，所谓的意义对我有何意义？我仅能以人的观点来进行理解。我所触及的事物，或是那些抗拒我的事物，才是我所理解的事物。对于绝对与统一的渴望，以及这个世界难以化约成某个合理的理性原则，我知道我无法调和这两个确然之事。若不说谎，若不带着我所缺乏的希望

（这种希望在我的处境限制下毫无意义），我能接受什么真理？

假如我是林中的一棵树，或是一只猫，生命便可能拥有某种意义，或者应该说这样的问题没有任何意义，因为我原本就属于这个世界的一部分。我**就是**这个我以我全部的意识以及对熟悉感的要求来反对的世界。正是这个可笑的理性，使我与万物对立。我无法一笔勾销。对于我信以为真的事物，我应当坚持下去。而我所以为的自明之理，即便与我的理念背道而驰，我也应当支持它。是什么造成了这个世界与我的心智之间的冲突与断裂？若不是认清这一切的意识，还能是什么？如果我希望保持这样的冲突断裂，那么我必须时时保持清醒，始终处于警觉的状态。这就是我目前必须牢记在心的部分。就此刻而言，既明白又难以征服的荒谬，已经回到人的生活中，重新看见它的故乡。也正是此刻，心智可以离开这条由理性的努力所踏过的干涸道路。这条路现在通往日常生活的现场，重新见到"无名的众生世界"，此后的人却怀抱着反抗与明智回到其中。他已经忘记了希望。这个眼下的地狱是他的王国。所有的难题重拾利刃的锋芒。面对着种种形式与色彩所焕发的热情，抽象的事实撤退了。精神的冲突走向具体化，并且在人心中重新发现既可悲又伟大的藏匿处。任何的冲突都没有得到解决。不过所有的冲突都改变了样貌。我们将走上绝路吗？或借由思想跳跃去逃避？或在观念与形式上，重建一座与个人相称的屋子？或者，相反地，我们要投入那既撕裂人心又令人赞叹的荒谬赌注？让我们做出最后的努力，从中取得一切属于我们的结果。于是，肉体、情感、创作、行动、人性的高贵，都将在这个不合理的世界中重新各安其位。而人最终将重新发现荒谬的美酒与漠然的面包，用来滋长自身的伟大。

再度强调方法的重要性：重点在坚持不懈。荒谬的人会受到诱惑。历史中不乏宗教、先知，甚至是神明。他被要求跃入其中。而他所能提出的答案是，他并不全然了解，事情并不明朗。他只想做他能够清楚理解的事。别人信誓旦旦地指称他的做法犯了傲慢的罪，但他无法领会罪的概念；别人还说，也许地狱就在人生尽头等着你，但他没有足够的想象力得以想象如此古怪的未来；别人继续说，他会丧失不朽的生命，但他觉得这根本无关紧要。人们希望他承认自己有罪，但他觉得自己是无辜的。坦白地说，他仅感受到自己无可救药的无辜。正是无辜，使他可以随心所欲。因此，他要求自己的是，**仅仅**依照他所知的一切来过日子，就事论事，不接受任何不确定的事物。人们于是对他说，没有什么事情是确定的。这一次，这个说法至少具有某种可靠性。这正是他所关心的：他想要知道是否可能过着**没有诉求**的生活。

* * *

我现在可以来谈谈自杀的概念。我们已经意识到可能的答案是什么，但这会儿问题倒过来了。原先的问题是去了解人生是否应当具有一个值得活下去的意义。相反地，现在则是人生在没有意义的情况下是否更值得活。体验某种经验、某种既定的人生，就是全然地接受它。然而，如果知道人生是荒谬的，便没有人会活下去，除非他努力将意识所发觉的荒谬摆在眼前。否定生活所系的对立就是逃避它，放弃意识的反抗就是规避问题。持续的革命这个主题于是被带入个人的经验中。活着就是活出荒谬，而活出荒谬的首要重点就是思索它。不同于女神欧律狄刻（Eurydice），荒谬只会死于当我们背离它之时。因此反抗是少数一致的哲学立场。反抗是人与自身的晦暗面持久的对峙，它是对某种不可能存在的透明性的迫切要求，它是每分每秒重新质疑世界。如同危险带给人掌握意识的大好机会，形而上的反抗同样通过整个经验来扩展意识。反抗是人时时看见自身的在场。它并非憧憬，它全无希望。这样的反抗是征服命运，而非屈服于命运。

这正是荒谬的经验与自杀的分道扬镳。我们可能会以为自杀随着反抗而来，但这是大错特错的，因为自杀并非合乎反抗逻辑的结果。自杀通过它所假定的赞同，成为反抗的对立。如同思想的跳跃一般，自杀也是一种极端的认命。一切告终，人重新回到他根本的历史中去。他的未来，他唯一而骇人的未来，他清楚地看见了它，并加速朝它奔去。自杀以它的方式解除了荒谬。自杀领着荒谬走进同样的死胡同里。然而，我知道，荒谬为了坚持下去，无法被解除。由于荒谬同时是觉醒以及对死亡的拒绝，所以它逃避自杀。死囚最后一缕思绪愈飘愈远，甚至就在他面临最终的下坠之际，他无视一切，只瞥见几米远的一条鞋带——而荒谬就是这条鞋带。确切而言，与自杀者对立的就是死囚。

这样的反抗赋予人生价值。它纵贯人的一生，恢复生命的崇高。对于一个没有蒙住眼睛的人，最美的演出莫过于智识与人所不理解的现实之间的战斗。人性骄傲的演出是无与伦比的。任何轻蔑都起不了作用。这种由心智强加给自身的纪律，这个由所有碎片铸成的意志，这种面对面的遭逢，含有强大而非凡的特质。这个现实的非人特性造就了人的崇高，而削弱这个现实同时也就削弱了人本身。于是我了解为何解释一切的教条同时也让我衰弱。教条卸下我的人生重担，然而我必须独力承担。我无法想象怀疑论的形而上学可以与某种弃世的伦理相结合。

意识与反抗，这样的拒绝正是弃世的反面。人心中所拥有的一切不可化约的成分与充满激情的元素，穷其一生激励着意识与反抗。因此无法妥协的死亡，并非出于自由意志的死亡，是必要的。自杀则浑然不知意识与反抗的价值。荒谬的人只能耗尽一切与耗尽自我。荒谬是他最极端的压力，是他仅以一己之力不断维系的压力，因为他知道，在意识中，在日复一日的反抗中，他见证了他的唯一真理，那就是挑战。这是荒谬所导致的第一个结果。

* * *

假使我维持这个经过考虑的立场，亦即从某个已经揭露的概念去推导所有的结果（而且只重视这些结果），那么我就面对着第二个矛盾。为了持续忠于这个方法，我就不讨论形而上的自由问题。我并不关注人是否自由的问题。我只能体验到我自身的自由。关于这一点，我没有一般性的概念，只有几个清楚的见解。去探讨"自由本身"是不具意义的，因为这个问题以不同的方式连接到上帝的问题。了解人是否自由的问题，涉及人是否可以有一个主人的问题。这个问题特有的荒谬性来自使自由的问题得以成立的概念本身，同时消除了这个问题的所有意义。因为在上帝面前，只有罪的问题，没有自由的问题。选择有两个：要么我们没有自由，而万能的上帝对罪负责；要么我们拥有自由，且对罪负责，而上帝就不是万能的。一切学派的诡辩都无法解决这个矛盾。

这是为什么我不能迷失于颂赞某个概念或是它的简单定义中——一旦这个概念超出我个人的经验，它就无法被我理解，并失去意义。我无法想象，由某个更高的存在所给予我的自由会是什么样的自由。我早已失去阶层的概念。我所能够拥有的自由概念，仅仅如同在国家体制内的现代人或囚犯所拥有的自由概念。我所熟悉的唯一自由，是思想与行动的自由。然而，假使荒谬抹除了我获得永恒自由的机会，那么它反而还给我行动的自由，并且颂赞这样的自由。而剥夺了希望与未来，也意味着人的不受拘束性（disponibilité）的扩张。

平凡的人在尚未遇见荒谬之前，生活会有目标，亦即他关心未来，也重视正当的理由（至于为谁或为何事则不是重点）。他会评估他的机会，他会指望以后的日子、退休或儿子的工作。他还认为可以引导生命中某些事情的方向。确实，他在行动上看起来仿佛是自由的，即便所有的事实从中作梗，与他的自由背道而驰。然而，在遇见荒谬之后，一切就开始动摇了。对于"我是谁"的想法，以及那如同一切皆有意义的行动方式（即便有时候我也会脱口而出一切皆没意义），这一切以某种令人眩晕的方式被死亡的荒谬性否定。思考明日、设定目标、拥有爱好，这一切皆以对自由的信念为前提，即使有时并没有明确感受到自由。但是就此刻而言，我很清楚这个更高的自由，这个能建立某种真理的存在的自由，并非如此。死亡一直在那儿，像是唯一的现实。死亡之后，一切告终。我甚至并不拥有永垂不朽的自由，我只是奴隶，一个没有永恒革命的希望、无法求助于轻蔑的奴隶。没有革命也没有轻蔑的人会是奴隶吗？少了永恒，什么样的自由具有完整的意义？

但同时，荒谬的人了解，他迄今是被自由的假设束缚了，他一直依靠这个幻想而活。在某种意义上，这阻碍了他。他想象自己的人生有个目标，他适应了这个想要完成目标的要求，由此成为他的自由的奴隶。如此一来，除了成为一个我将来要成为的养家糊口的父亲（或工程师，或人民的领袖，或邮局冗员），我完全不知道其他行动方式的可能性。我以为我可以选择成为人父，而不是其他角色。我确实不自觉地如此相信。我身边的人的信念和偏见（其他人如此确信拥有自由，这么正面的情绪相当具有感染性！）支持我的假设。无论我们可以与道德上或社会上的偏见保持多远的距离，还是会受到部分的影响，甚至一生都遵从着其中的最好者（偏见有好的，也有坏的）。因此，荒谬的人明白他并非真的自由。确切而言，因为希望，因为我关心某个属于我的真理（无论是本来存在或由创造而来），总之我安排了我的人生，并且要证明人生是有意义的，于是我就为自己创造出屏障，将人生收束在屏障内。我的作为如同心灵的官僚，他们令我反感，而我现在明白了，他们唯一的缺点就是认真看待人的自由。

　　荒谬告诉我没有未来的存在，这就是我能够拥有内在自由的理由。在此我将进行两个比较。首先，信仰狂热的人从奉献中觅得自由。他们沉浸在他们的神祇中，赞同神所指示的规则，一个接一个秘密地获得自由。正是出于这种自愿的奴隶身份，他们发现了某种内在的独立性。然而，这样的自由有什么意义？可以说，他们自己感受到了自由，但这比不上那些真正被解放者的自由。相同地，由于荒谬的人转向死亡（在此死亡是最显著的荒谬），他知道死亡已经成为他关注的对象，并且在他内心凝聚成形，他于是感到自己从所有与它无关的事物中解脱了。他享受着一种关于一般规范的自由。在此可见，存在哲学最初探讨的主题中，皆保留了共有规则的全部价值。回归到意识本身、逃离日常生活的休止状态，是荒谬的自由所采取的第一步。它所涉及的正是存在哲学的宣道说教，存在哲学借由宣道说教所进行的精神思想的跳跃，实际上就是为了逃避意识。同样地（这是我的第二个比较），古代的奴隶也是身不由己，但他们熟悉这种没有责任感的自由。[1]死亡也拥有这么一双贵族的手，既能镇压，也能解放。

---

[1]　此处是事实的比较，而非谦逊的辩解。荒谬的人正好相对于妥协的人。

自我迷失于那无底的确定性，便感觉从此是自己人生的局外人，但这样的距离足以扩大生命，摆脱仿佛情人般的如豆目光——在此存在某种解放的原则。这个崭新的独立性有期限限制，如同所有行动的自由。它不会开一张永恒的支票。但它替代了**自由**的幻觉，所有幻觉因死亡而终结。在某个破晓时刻，死囚眼前的监狱大门打开了，他表现出神圣的不受拘束性，除了生命纯粹的火焰外，对一切都令人难以置信的冷漠。显然在此死亡与荒谬是唯一合理的自由原则，它们是人心可以感受与体验的。这即是荒谬所导致的第二个结果。荒谬的人由此瞥见一个灼热又冰冷、透明又受限的宇宙，其中毫无任何的可能性，却又提供一切机会，而在这个宇宙之外，就是崩解与虚无。他于是决定接受这样的宇宙，从中汲取力量，拒绝希望，以及寻找关于这个毫无慰藉的人生的坚定证据。

* * *

然而，在这样的宇宙中，生命的意义是什么？目前它仅意味着对于未来的不感兴趣，以及一股竭尽所有可能性的热情。相信人生具有意义向来暗示着某种价值体系、某种选择与我们的偏好。然而，根据我们的定义，相信荒谬却恰恰相反。这值得一番讨论。

了解人是否可能过着不假外求的生活，是我唯一的兴趣。我无意偏离此。我能够适应我所获得的这个人生样貌吗？面对这个特别的忧虑，相信荒谬等于以经验的"量"取代"质"。假使我以为人生除了荒谬别无其他，假使我体会到人生的平衡取决于意识的反抗与它所战斗的黑暗面之间的对立，假使我承认我的自由唯有与受限的命运相关时才有意义，那么我应当指出，重点并非获得最好的生活，而是如何活出最多的可能。我不需要怀疑如此的想法是庸俗或反叛、巧妙或可悲的。在此将彻底排除价值的判断，以彰显事实的判断。我只需要从我所能明白的事物中推导出结论，不必冒险尝试任何的假说。如果这样活着并不诚实，那么真正的诚实将使我做出不道德的行为。

活出最多的可能性，就广义而言，这条规则毫无意义。它必须加以定义。首先，"量"的概念尚未被深入探讨。因为它可以说明大部分的人类经验。人的道德与价值体系，唯有经由经验累积的数量与多样性，才具有意义。然而，现代的生活条件把相同的经验强加在大多数人身上，结果经验的深度也相似。确实，同样必须考虑到个人自发的贡献，也就是他"给出"的元素。但我无法对此做出判断。再次声明，本文的规则是分析直接可见的事实。我于是了解到，公共伦理的个别特性与其说是存在于基本原则的理想性意义上，不如说是存在于可以测量的经验标准中。希腊人以稍微夸张的方式制定了休闲规范，如同我们每日工作八小时的规定。然而有许多人，尤其是那些最悲惨者，使我们预见更长的工时经验将会改变这样的价值。这些人使我们得以想象，一名日常生活的冒险家，仅仅借由改变经验的量，就打破了所有纪录（我故意使用运动场上的用语），并因此赢得他的伦理规则。① 为

①　量有时也会造成质的改变。假使我信赖最新的科学理论，一切物质均由若干能量中心所建构，那么物质在数量上的多或少，可使其独特性大或小。十亿颗离子与一颗离子的差异，不仅在于数量，也在于性质。在人类经验中可以轻易找到类似现象。

了避免陷入浪漫主义，我们仅需自问，对于决心接受赌注、严格遵守他所认定的游戏规则的人来说，这样的态度有什么意义？

要打破所有纪录，首先得尽可能地面对世界。这如何在没有矛盾、不玩文字游戏的情况下做到呢？因为，一方面，荒谬告诉我们所有经验都是无关紧要的；另一方面，荒谬又继续朝着最大量的经验前进。我们如何能不落入之前谈及的那些人的反应，亦即选择为我们尽可能带来这种人性质素的生活形式，并因此引入我们在另一方面声称扬弃的价值体系？

再一次，荒谬与它矛盾的生活可以给予我们启示。我们错以为经验的量取决于我们的生活处境，但实际上它只取决于我们本身。在此必须简化问题。对两个寿命相同的人，世界必然提供给他们总量相同的经验。我们必须意识到它们。去感受生活，感受反抗与自由，并且尽可能这么做，这就是活着，活出最多的可能性。在清醒的意识所主宰的地方，价值标准变得毫无用处。让我们更进一步简化问题。唯一的阻碍，唯一"让人无法获益的缺陷"，正是早夭。此处所提及的世界，仅仅通过相对于死亡这个不变的因素，就能长存下去。如此一来，在荒谬的人眼中，任何深刻洞察、情感、热情与牺牲，皆无法使四十年的有意识的生活等同于六十年不衰的清醒日子（即便他希望如此亦无法如愿）。[1] 疯狂与死亡都是他所无法挽回的事。人并不做选择。荒谬与它包含的额外的生活**并不取决于人的意志**，而是取决于它的对立面——死亡。[2] 如果仔细斟酌用语的话，这完全是运气的问题。我们应该能够赞同这个看法。二十年的生活与经验是绝对无法被取代的。

身为一个老练世故的民族，希腊人有一个古怪的不合逻辑的想法，他们宣称英年早逝者是诸神所钟爱的人。要使这个说法为真，你必须愿意相信进入诸神的可笑世界意味着永远失去最纯粹的喜悦，

---

[1]　相同的反思亦出现在像虚无这样独特的概念上。它对现实不做增减。在虚无的心理学经验中，必须去思考两千年后所发生的事情，我们自身的虚无才能真正获得意义。就某个面向而言，虚无是由未来的生命总和所组成的——那却不是我们的生活。

[2]　在此处意志只是代理者，它倾向于维持意识的清醒。它为生活带来纪律，这一点明显可感。

亦即感受的能力，感受人间大地的一切。专注于当下，意识永远清醒的灵魂专注于眼前一个接一个出现的此刻，这是荒谬的人的理想。但理想这个词带有虚假的声音。这甚至不是他的使命，只是他的推理所导致的第三个结果。从对于非人性的焦虑意识出发，对荒谬的沉思在旅程的终点之际，回到了人的反抗所点燃的热情火焰的核心。①

* * *

因此，我从荒谬中推导出三个结果：我的反抗、我的自由与我的热情。仅仅借由意识的活动，我将死亡的诱惑转变成生活的准则，而且我拒绝自杀。我确实知道这些日子以来整日回荡着闷响。不

---

① 重要的是一贯性。我们从接受这个世界出发。但东方思想告诉我们，人可以选择反对世界，这同样致力于相同的逻辑推论。这也是合理的，而且为本文提供了观点与限制。但当人们以严厉的方式否定这个世界时（如某些吠檀多派），往往获得类似的结果，比如，对于行动的漠不关心。在让·格勒尼埃（Jean Grenier）极具重要性的著作《选择》（Le choix）中，就以这个方法创立了真正的"无差别性的哲学"（philosophie de l'indifférence）。

过，我只有一句话想说：那是必然的。尼采写道："显而易见，在天上与地上的主要之事，就是长久地服从下去，并且始终保持相同的方向：久而久之，由此就可归结出某些结果，让人获得值得继续活在人间的理由，比如美德、艺术、音乐、舞蹈、理性、思想，以及某种让人脱胎换骨的事物，与某种精致、疯狂或神圣的事物。"他气度恢宏地阐述了某种伦理规则。不过，他也以此描绘出荒谬之人必经的道路。服从心中的火焰，这件事极容易又极困难。但是人在与困难较量时，偶尔自我评断一番也是好事一桩。他是唯一能这么做的人。

"祈祷是，"哲学家阿兰（Alain）说，"夜幕笼罩思绪。"神秘主义者与存在哲学家回答道："不过心智必须先遇见黑夜才行。"确实如此，但那并非蒙上眼睛，由人的意志所生的黑夜，不是心智为了迷失所召唤的阴郁而封闭的夜色。假使心智必须遇见黑夜，那毋宁是始终维持清醒的绝望的黑夜，或是某个心智彻夜不眠的严寒夜晚，而从这样的夜幕中，也许会冉冉升起炽白而完整的清澈之光，在智识的光线下勾勒出每个事物的轮廓。在这个层次上，热情的理解将均等地面对一切。这时，甚至不必再评断存在哲学的思想跳跃。它重新在这幅呈现人类态度的古老大壁画中，觅得自己的位置。而对于观画者来说，如果他意识清醒，那么这个思想跳跃依旧是荒谬的。只要它自以为解决了这个矛盾，它便恢复其完整。就这一点而论，它是令人感动的。万物再度各就其位，而荒谬的世界重新光彩夺目地降生在它的多样性中。

停止是不好的，也很难仅满足于单一的理解观点且不带矛盾地前进。矛盾也许是所有精神形式中最微妙的一种。本文所述仅在定义一种思考方法，而现在则必须面对生活实践的问题。

荒谬的人

假如斯塔夫罗金（Stavroguine）信神，他并不认为自己信神。

假如他不信神，他也不认为自己不信神。

——陀思妥耶夫斯基，《群魔》

歌德说："我的场域就是时间。"这确实是句荒谬的话。荒谬的人究竟是什么样的呢？他不否定永恒，亦不为永恒效力。乡愁对他来说并不陌生。但他偏好他的勇气与推理。勇气让他学会不假外求的生活方式，满足于他所拥有的一切，而推理则让他知道自己的局限。在他确定了他的自由有限，他的反抗没有未来，他的意识必有消亡的一天时，他投入一生的时间持续自己的冒险。他的一生便是他的场域与行动，不受自己的判断以外的任何判断影响。对他而言，一个更伟大的人生并不意味着另一个人生，那是不公平的。我在此甚至没有使用那个叫作"来世"的可笑的永生。罗兰夫人（Madame Roland）相信自己，她的轻率已经得到教训。后人乐于提及她的话，却忘记加以判断。罗兰夫人对来世完全不感兴趣。

可以不必对道德问题做长篇大论。我见过许多道德高尚的人却坏事做尽；我每天都看到诚实正直并不需要什么规则。荒谬的人仅能接受一种道德，不与上帝分离的道德：被支配的道德。但他正好活在这位上帝的势力范围之外。至于其他的道德（我也听说有非道德主义），在荒谬的人眼中，只是人们将行为举止合理化的做法，而毫无任何需要合理化的事。在此就以他的无辜这个原则作为论述的起点。

这样的无辜令人害怕。伊万·卡拉马佐夫（Ivan Karamazov）呼喊道："做什么都可以。"从中也能感受到他的荒谬。但这不能以一般意义来理解。我不知道人们是否注意到：那声呐喊并非来自解脱与喜悦，而是对某个事实的痛苦确认。相信神赋予生命意义，比拥有做坏事而不受惩罚的能力更吸引人。选择并不困难。然而，没有选择的机会，痛苦因此而生。荒谬并不会带来解脱，反而将人捆绑起来。它不允许所有的行动。"做什么都可以"并不表示没有任何禁止。荒谬只是让所有行动的结果都变得相等。它并不建议犯罪，这么做太幼稚了，但它让悔恨显得无用。同样地，假使所有的经验均无差别，那么负责尽职的经验将与其他经验一样正当。于是，任性妄为也能是一种德行。

所有的道德都基于以下概念：某个行动产生了若干结果，而这些结果要么正当化这个行动，要么就是抵销它。一个深信荒谬的人却只是认为，应该冷静思考这些行动的后果。他随时准备好要付出代价。换句话说，只有负有责任的人，没有有罪的人。他至多同意，过去的经验可以作为未来行动的基础。时间将使时间长存，生命将为生命效力。在这个局限又充满可能性的场域中，属于他的一切，除了清澈的意识，其他都是难以预料的。从如此不合理的秩序中可以推导出怎样的规则？对他可能有所教益的唯一真理并非形式上的：这个真理是发生在人群中的，在其中获得生命。所以荒谬的人在推理结束之际，所期待的并非伦理准则，而是例证与人们的生活气息。接下来将提及的几个人物形象皆是如此。他们用一种特别的态度和生气延续了荒谬的推理。

所举之例不必然是要追随的范例（在荒谬的世界中更非如此，假如有可能的话），而且这些例证并非因此就是学习的榜样——对此我需要更进一步说明吗？除非真有志于此，不然有样学样，比如由卢梭（Rousseau）那里推导出人必须爬行，从尼采那里推导出虐待母亲是恰当的，将使我们的行径变得荒唐可笑。某位当代作家写道："荒谬是必要的，但不必成为傻子。"我们将讨论的态度问题，唯有在思考了正反之后，才能获得完整的意义。如果邮局冗员与征服者的共同点是觉醒的意识，那么他们并无差别。就此一切经验皆无关紧要。有些经验能为人所用，有些则不然。如果人具有意识的话，经验就能为他所用。否则经验毫无重要性：人的失败不能用来论断周遭情况，而是用来评价他自己。

我只选择那些以穷尽自己为目标的人，或是我看到那些是在穷尽自己的人。仅止于此。我目前只想要谈论一个思想和人生都被剥除了未来的世界。一切使人运作与使人不安的事物都利用希望这个因素。所以唯一不造假的思想，就是贫瘠不毛的思想。在荒谬的世界中，概念或生命的价值依照贫瘠的程度来衡量。

唐璜主义

假使只要爱已足够，那事情就太简单了。爱得愈多，荒谬就愈牢固。唐璜并非因为缺乏爱而流连于一个又一个的女人。把唐璜看成一个追求完整爱情的神秘主义者是可笑的。然而，确实是因为他以同样的激情去爱她们，每一回都全心投入，他才必须重复他的天赋与这样深切的追求。正因如此，每个女人都希望带给他从未有人给过他的经验。但每一回她们都错了，仅仅成功地使他感觉到那种不断追求的需要。其中一个女人喊道："我最终也给了你爱情啊。"唐璜回答说："最终？喔不，是再一次而已。"对此我们会感到惊讶吗？为何要为了爱得深就爱得少呢？

唐璜会忧郁吗？很可能不会。这难以根据传闻来证实。他的笑声与胜利者的狂妄，他的嬉闹与对戏剧化的偏好，是如此清楚可感，如此欢愉。每个健康的生灵都倾向于扩展自身。唐璜亦是如此。尤其，忧郁的人有两个忧郁的理由：他们不知道，或他们有所希望。但唐璜知道，并且不抱希望。他使人联想起那些知道自己局限的艺术家：他们不会超越自己的局限，不安时也能维持自己的精神立场，享受做主的自在从容。这正是天赋所在：知道自己界限的智慧。唐璜直到肉体死亡前，都不会明白忧郁为何物。而在他知道大限将至的那一刻，他所爆发出的笑声使人原谅了一切。他曾在怀抱希望的时期感到忧郁。而今日，在那个女人的唇上，他体会到这个非凡的自我理解所带来的苦涩又抚慰的滋味。苦涩？几乎不：那是使幸福可见的必要的缺陷！

若要把唐璜视为受《传道书》（l'Ecclésiaste）思想所培育的人，实在有误。对他而言，最虚幻之事莫过于怀抱对另一世的希望。由他拿来世赌上天堂这一点即可见一斑。迷失在欢快中的欲望滋生出悔恨，这种软弱者的老生常谈并不属于他。这个说法更适合描述浮士德（Faust），他如此信仰上帝，以至于把自己也卖给了魔鬼。对唐璜而言，事情则简单许多。剧作家莫利纳（Molina）笔下的爱情骗子（Burlador，即唐璜），在面对地狱的威胁时回答说："你也让我等太久了吧！"死亡之后的事无关紧要，对知道如何生活的人来说，一天又一天的日子如此漫长！浮士德渴望获得世间的珍宝：这个不幸的人只能伸出乞讨的手。当他不懂得取悦灵魂时，他就已经出卖它了。相反地，唐璜坚持满足。假使他离开某个女人，绝非因为他对她不再有任何向往，美女总是能撩起情欲。原因只是他想要别的女人。这是不一样的事。

这样的人生满足了他所有的愿望，没有什么比失去它更糟的了。这个狂人是伟大的智者。依靠希望而活的人却很难适应这样的世界：在其中，亲切让位给慷慨，情感让位给刚强的沉默，亲密让位给孤独的勇气。人人都忙着说："他是弱者，他是理想主义者，或他是圣徒。"必须贬低这种侮辱人的崇高。

* * *

对于唐璜的言论与他对所有女人的评语，人们感到相当恼怒（或是会发出那种心照不宣、贬低所钦羡者的嘲笑）。但是对于那些想追求更多欢悦的人来说，重要的只有功效。何苦把密码弄得更加复杂呢？不管男人或女人，没有人在乎密码，他们只是在听发出密码的声音。这个密码即是规则、惯例与礼貌。说出它后，还要去做最重要的事情。唐璜已经准备好去做了。为何他要自寻道德问题？他并非作家米洛兹（Milosz）笔下的玛纳拉（Mañara）①，妄想成为圣徒而受地狱之苦。对他来说，地狱是人们所挑起的事物。对于神的愤怒，他只有一个响应，那就是人的荣誉。他对骑士团长（Commandeur）说："我是个有荣誉的人，我将会履行我的承诺，因为我是个骑士。"然而，把他视为非道德主义者也是大错特错的。在这方面，他"如同所有人一般"：有道德的好恶。想要理解唐璜，唯有参照他在世俗上所象征的人物：一个寻常的诱惑者，一个追逐女人的男人。他不过就是个平凡的诱惑者。②区别在于他是有意识的，这也是

---

① 编按：米洛兹（Oscar Milosz, 1877—1939），法国诗人，玛纳拉是他戏剧作品《米盖尔·玛纳拉》（*Miguel Mañara: Mystère en six tableaux*）中的角色。

② 就诱惑者完整的意义而言，包含缺点。任何合理的态度都同时包含若干缺点。

他荒谬的原因。一个清醒的诱惑者并不会因此就有所改变。诱惑女人是他的常态。只有在小说中才会改变，才会变成更好的人。不过也可以说，既无改变，也皆已改变。唐璜在行动中实践的是"量"的伦理，与圣人朝向"质"的努力相对。不相信事物的深层意义，是荒谬的人的属性。至于那一张张热情的脸庞或是一个个惊讶的表情，他见过，收藏起来，然后离开。时间跟着他的脚步前进。荒谬的人不与时间须臾分离。唐璜并没有考虑"收集"女人。他极可能累积数目，而随着她们，他也耗尽了自己的人生可能。收集意味着人能够依靠过往而活。但他拒绝悔恨，因为那是希望的另一种形式。他无法看一幅幅画像。

* * *

那么他是个自私的人吗？按照他的行径来看，确实是。然而，在此依然是理解的问题。有些人为活而生，有些人为爱而生。至少唐璜会乐于这么说。但他可能说得简短，仿佛他可以选择似的。因为此处所谈的爱情，已经披上永恒的幻想。所有爱情专家都教导我们，世上没有永恒之爱，只有被阻挠的爱情。几乎没有恋情是不需要挣扎的。这种爱情唯有在死亡这个最后的矛盾到来时，才画上句点。我们必须成为少年维特，不然就"什么都不是"。在此仍然有几种自杀的方式，其中之一即是全面的献身与遗忘自我。如同其他人，唐璜明白这种方式可以扣人心弦。然而，他是少数知道重点并非在此的人。他也深知，那些因为伟大的爱情而背弃个人生活的人，可能因此充实了自己，却必定使他们因爱选择的对象的生命变得枯竭。母亲与多情的妻子必然拥有一颗封闭的心，因为她们的心背离了世界。她们面对着单一的感受、单一的存在与单一的面容，其他一切都被吞噬了。扰动唐璜的是另一种爱情，这种爱情是解放的。随着这种爱情而来的是世界的万千面貌，它之所以令人战栗则是因为它自知有消亡的一天。唐璜选择成为"什么都不是"的人。

对他而言，重点是看清一切。我们根据书或传说的集体观点，才会把联结我们与某个人的关系称作爱情。然而，关于爱情，我只知道它是把我与某个人联结起来的欲望、情感与智识的混合物。这个复合体因人而异。我无权用一个相同的词去涵盖所有这些经验。如此一来，人就不会以相同的作为去行动。在此，荒谬的人再度无法融合。他由此发现了一个至少能解放他自己的崭新的存在方式，同时也能解放那些朝他走近的人。并不存在高贵的爱，只有那种意识到自身短暂又独特的爱。正是所有这些死亡与再生，编织出唐璜花团锦簇的人生。这是他付出的方式，也是他使人生充满活力的方式。他是不是个自私的人，就留给世人来评判。

* * *

现在我想到所有那些希望唐璜受到惩罚的人。不仅在另一世遭到报应，也在此世。我思考着所有那些着墨于唐璜老年的故事、传说与嘲笑。但唐璜对此早有准备。对有意识的人来说，老年与它所预示的一切并非意料之外的事。事实上，唯有在他不对自己隐瞒暮年的恐怖时，他才是个觉醒的人。在雅典曾有间献给老人的神庙。孩童会被带到庙里去。对唐璜来说，人们愈是嘲笑他，他的形象就愈鲜明。他因此拒绝接受浪漫派作家赋予他的形象。在他们笔下，没人会想要嘲笑这个备受折磨的可怜虫。世人皆同情他，然而，上天会拯救他吗？并非如此。在唐璜所瞥见的世界里，也包含嘲笑。他觉得自己被惩罚很正常。这是游戏规则。而他的高贵之处正是在于接受全部的游戏规则。不过他清楚自己是对的，而惩罚并没有问题。命运并非惩罚。

这正是他的罪行，而且我们很容易理解向往永恒的人们会祈祷惩罚降临在唐璜身上。他获得某种毫无幻觉的知识，否定了他们所宣称的一切。爱与占有，征服与耗尽，这就是他认识的方式。（圣经把"认识"称为肉体的行为有其意义。）他是他们最凶恶的敌人，他忽视他们。某个编年史作家说，那个真正的"爱情骗子"是被方济各会修士谋杀而死，这些修士想要"结束唐璜纵欲与亵渎的行为，因为他的出生保证了他不受惩罚"。他们之后宣布，上天以闪电劈死了他。没有人可以证实这个奇怪的结局，但也没有人提出相反的证明。虽然我并未思考此事的真假，但我还是可以说它是符合逻辑的。我在此一定要研究一下"出身"这个词，并且玩点文字游戏：事实上，他的"生"，亦即他活着的事实，保证了他的无罪。是死亡使他有罪，遗臭万年。

冰冷的骑士雕像最终动了起来，惩罚这名胆识过人的血性汉子，只因为他敢于思考——它代表着什么意义？所有来自永恒理性、秩序法则与普遍道德的权威，所有出自某个可能发怒的上帝的外来权势，全都体现在它身上。这尊没有灵魂的巨大石像，象征着唐璜永远否定的力量。但是骑士的任务到此为止。闪电与雷鸣会重新回到由人假造的天国，等待人们下次的召唤。但真正悲剧的上演，与雷电毫不相干。唐璜绝非命丧于石像之手。我乐于相信传说中的对峙场面，这名身心健全的男子的疯狂笑声激怒了一个并不存在的上帝。我尤其以为，唐璜在安娜（Anna）家中等待的那个晚上，骑士并没有现身，而午夜过后，不相信上帝的唐璜应该察觉到那种可怕的苦楚——那些想法正确的人内心的感受。我更乐于相信，有关唐璜一生的故事，最后结束在他归隐修道院之时。这个故事并非真有教益。但他可以向上帝请求怎样的庇护呢？这无非代表着，某个全然充满荒谬的人生合乎逻辑的结果，与某个及时行乐的生活方式的冷酷收场。肉体的欢快在此以禁欲告终。我们必须理解，纵欲与禁欲可能是某种贫乏的两面。我们还能想象更可怖的画面吗？一个被自己肉体背叛的人，只因未及时丧命，在等待终局到来前持续着人生这出戏，与他并不爱慕的上帝对视，侍奉它如侍奉人生，他跪在虚空之前，双臂伸向一个他明知没有深度也毫无说服力的天国。

在某座坐落于西班牙山丘上的偏僻修道院里，我看见唐璜独处斗室。如果他在思考着什么，那肯定不是已消逝的爱情幻影，或许是透过城墙上灼热的窄缝，他看见西班牙的宁静原野——在这一片壮丽优美、无灵魂的土地上，他看见了自己。是的，在这个令人感伤又洋溢光辉的形象中，故事必须告一段落。而那个预料中将到来的，却从不合乎所愿的最后结局，则可以忽略。

戏剧

"凭借此剧,"哈姆雷特说道,"我将抓住国王内心的隐秘。"这个句子中的"抓住"二字用得真好。因为意识稍纵即逝,或旋即闭合起来。在意识瞬间瞥向自己的那极其宝贵的一刻,必须飞快地抓住它。一般人并不怎么喜欢自己被耽搁。一切事物都催促着他前进。但同时,他仅仅对自己感兴趣,尤其是关注自己可以成为怎样的人,由此滋生出他对剧场、戏剧的偏好。在剧场中,他可以见识到如此多的人生,品味其间所流露的诗意,却不会遭受剧中人的痛苦折磨。至少在此可以认出平凡人不自觉的一面,他继续加紧脚步朝着某个没有人清楚的希望奔去。在这个平凡人消逝之际,在心智停止赞赏戏剧而想要深入其中之际,就出现了荒谬的人。深入所有这些角色,体验形形色色的人生,也就是去扮演。我并不是说演员一般来说都服从这样的冲动,或演员就是荒谬的人,而是说,他们的命运是一种荒谬的命运,可以诱惑与吸引清醒而明智的人。为了不致对下文产生误解，在此必须先指出这一点。

演员统治着短暂的国度。众所皆知，演员的盛名是最短暂易逝的。至少一般人都这么认为。一切盛名皆如昙花一现。从天狼星的角度来看，歌德的著作在一万年后将灰飞烟灭，没人记得他的名字。若干考古学者也许会寻找我们这个时代存在过的"证据"。这样的认识总是对人有所帮助。仔细想想，便可以将我们的不安化为深沉的崇高。更能将我们的关注焦点转向最为明确的事物，亦即朝向当下此刻。就所有的荣耀而言，最不虚假者当属眼前所体验到的名声。

演员于是选择了各种名声，那种被神圣化、经过考验的名声。就万物皆有一死的事实，演员得出了最佳的结果。演员要不是成功，就是失败。而作家即便不被赏识，也仍保有希望，他假定他的作品可以见证他个人过去的努力。而演员至多留给我们一帧照片而已，他过去的种种，无论是他的姿态、沉默、短促的呼吸或爱的喘息，都不会留下来。对演员来说，没有名就没有演出，而没有演出他将随着他有可能唤醒的各种角色一起死去千百次。

　　建立在最短暂的创作之上的名声如此倏忽即逝，有何令人惊讶之处？演员有三小时粉墨登场的时间，扮演伊阿古（Iago）、阿尔塞斯特（Alceste）、费德尔（Phèdre）或格洛斯特（Glocester）。在如此短暂的演出中，他让这些人物诞生在五十平方米的舞台上，复又让他们死去。荒谬从未如此充分地被阐释，而且是以这样持久的时间。这些令人赞叹的人生，这些独特又完整的命运，在几个小时内的方寸之地上相互交会，然后功成身退——谁还能期盼有其他更具启示性的做法？而下了舞台之后，西吉斯蒙德（Sigismond）这个人物就什么也不是了。过了两个钟头，人们看见他在市区的餐馆吃晚餐。也许这就是人生如梦。但跟在西吉斯蒙德之后，又有另一个角色登场。这个人物备受煎熬，取代了另一个咆哮报复的男人。演员由此穿越了许多世纪与心灵，模仿了许多人物可能的或确切的模样，他与另一号荒谬人物有许多共同点——旅人。如同旅人一般，演员同样耗尽了某些事物，而且不断四处游历。演员是时间的旅人，而且，在最好的情况下，他是灵魂所追捕的旅人。假使"量"的伦理真能找到某种滋养的食粮，那必定是在这个独特的舞台上。很难清楚说明，演员从角色那里获得多大的益处。不过重点并非在此。问题只在于他有多么认同这些无可替代的生命。有时可以见到演员带着角色进入自己的生活，这些人物超越了他们所来自的时间与空间。这些角色陪伴着演员，而演员无法轻易脱离所扮演的角色。有时也可以见到演员在拿起一只杯子时，发现自己以哈姆雷特的姿态举起酒杯。演员与他使之栩栩如生的所有角色之间的距离没有那么大。他每月每日说着发人深省的真理，以至于在人所希望成为的模样与人本身的模样之间，并没有一刀两切的分界线。演员始终关切如何更好地去扮演角色，他所展现的正是表象在什么程度上将成为实在的问题。这即是他尽最大可能去深入这些并非属于他的生命的艺术，是彻底假扮的艺术。在他的努力终了之际，他的使命也变得更清楚了：他要么不成为任何人，要么就是成为许多人。给予他的限制愈多，愈需要才赋。他在三小时后就必须戴着今日属于他的这张面具死去。他必须在三小时的时间内，体验与表达某个人一生独特的命运。这个过程可以说是迷失自我，以便再度寻得自我。在这三个小时内，他直直朝着这条没有出口的道路尽头走去，而台下的观众却要花上一生的时间才走得完这条路。

* * *

作为短暂的模仿者，演员仅在表象上力求完美。戏剧的传统是，内心戏若要被人理解，只能通过姿势与肢体动作来完成，或是经由嗓音——它散发的灵魂张力与肢体的表现不相上下。这门艺术的法则要求，一切表现都得夸大，并且一概翻译成肢体语言。假使要在舞台上重现一般的爱情、吐露无可取代的心声、表现出凝视神态，话语便是密码。但沉默也必须被听见。爱于是提高了声调，而静止本身也变得惊人。肢体是舞台的国王。"戏剧性"的效果并非随意而为，这个被错误看轻的字眼，包括了全部的美学标准与伦理道德。人的一生有半数是在没有明说、转头不看、沉默不语的状态下流逝。在此，演员是个闯入者。他解除了束缚灵魂的妖术，种种的情感波动最终都涌向舞台。这些情绪通过每个肢体动作开口说话，唯有通过呼喊才能获得生命力。演员由此形塑了他所要展现的角色。他描画它或雕塑它，他悄悄融入对角色的想象中，赋予这些幻影血肉之躯。当然，我所谈的是伟大的戏剧，亦即给予演员机会，让他具体完成他的命运的戏剧。比如莎士比亚即是一例。在这个诉诸本能冲动的剧场中，正是肉体的狂热引动肢体的舞蹈。它可以解释一切。没有它，一切分崩离析。假若李尔王（roi Lear）没有以粗暴的姿态放逐科迪莉亚（Cordelia）与谴责爱德加（Edgar），他就绝不会去赴疯狂给他设下的约。这出悲剧恰恰是在癫狂错乱的气氛下展开的。灵魂都交付给魔鬼，灵魂迷失在群魔乱舞之中。至少出现了四个疯子，其中一个出于职务而疯狂，另一个是主动愿意疯狂，最后两个则是因为痛苦的折磨而疯狂：他们是四具紊乱的肉身，与四张处境相同却难以描述的面容。

光是肢体并不足够。面具与厚底靴、突显脸部重点特征的化妆术、夸大与简化效果的服装设计，这种种所构筑起来的世界，为了表象而牺牲其他，只为了视觉上的表现。而通过某种荒谬的奇迹，依旧是由肢体带来了理解的知识。除非我亲身去扮演伊阿古，否则我永远无法充分地了解他。听过他的声音对扮演他并无帮助，唯有亲眼见到他的那一刻，才能理解他的一切。演员因此有了荒谬人物的单调特性，他将带着这个古怪又熟悉、独特而执拗的人物剪影，穿越他所扮演的所有角色。在此，依旧是经典的戏剧作品致力于这种调性的统一。① 而此处也见到演员自相矛盾的特色：明明是同一人，却又形形色色，如此多样化，这么多的灵魂集结在单一的肉体中。这正是荒谬的矛盾本身，这个个体想要触及一切、体验一切，但这将是个徒劳的尝试，而且即便他固执地坚持下去，也不会带来任何结果。始终自相矛盾的事物都集合在他身上。他是

① 在此我想到的是莫里哀（Molière）笔下的人物阿尔塞斯特。一切显得如此简单、明显与粗俗。阿尔塞斯特与菲林特（Philinte）敌对，赛利麦纳（Célimène）与艾利昂特（Elianthe）敌对，整个主题是某种性格被推至极端所呈现的荒谬结果，而诗句本身只是勉强标出格律的"差劲诗句"，如同主角的单调个性。

肉体与心灵彼此接合的点，他是厌倦了失败的心灵转身向最忠实的盟友取暖的地方。"这样的人真是幸福啊，"哈姆雷特说道，"情感与判断调剂得这样匀称，不是命运之神的手指所能任意吹奏的箫笛。"

* * *

　　教会怎能不谴责演员如此的实践方式呢？它驳斥这门艺术中如雨后春笋般增加的异端的灵魂，批判情感的放荡，否定这些演员令人愤慨的主张：拒绝仅能体验一种命运，反而朝着种种的放肆无度奔去。教会禁止他们对当下此刻的偏好，以及如海神普罗透斯（Protée）般多变的样貌，因为这否定了所有教义。永恒并非一场游戏。一个人如果傻得爱戏剧胜于永恒，他便失去了救赎的机会。在"处处"与"永远"之间，没有妥协的空间。由此可见这个如此被轻视的行业却能引起巨大的精神冲突。尼采指出："重点并非追求永恒的人生，而是要时时保持生气蓬勃。"的确，一切戏剧均做了这个选择。

女伶阿德里安娜·勒库夫勒（Adrienne Lecouvreur）在临终病榻上，十分希望可以告解并领受圣礼，不过她拒绝公开放弃她的职业。她因此失去了告解的恩典。难道这不表示，她选择了站在自己深刻的热情之上来反对上帝？这名垂死的女子泪眼婆娑，拒绝放弃她称之为她的艺术的志业，却见证了她在舞台上从未达到的精神高度。这是她最美的一个角色，也是最难掌握的角色。在天国与可笑的忠诚之心间进行选择，是喜欢自己甚于永恒，还是要坠入上帝的怀抱中，这个问题本身就是个古老的戏剧，其中每个人都必须扮演好自己的角色。

那个年代的演员知道自己是会被逐出教会的人。进入演员这一行无异选择了地狱。教会认定他们是最险恶的敌人。若干文人对此感到愤懑不平："这是怎么一回事？拒绝给予莫里哀最后的救赎！"但这是合理的，尤其对于死在舞台上，在粉墨登场之际将一生都献给了异端的人。就莫里哀的例子来说，有人提及天才会为一切辩解。但天才什么都不去辩解，因为他拒绝这么做。

演员知道自己可能面临怎样的惩罚。但相较于生命末了的最后惩罚，这样模糊的威胁又算什么？他已经预先体验到这个最后的惩罚，并且接受它。对演员来说，如同荒谬的人，过早的死亡是无可挽回的。没有什么可以弥补他在死亡前所扮演的这些面孔与他所走过的这些世纪。然而，无论如何，重点依旧是死亡的问题。演员确实到处留下身影，但是时间也卷走他，对他留下深刻印象。

只消一点想象力就足以察觉演员的命运为何。他在时间洪流中形塑并计算他的角色。同样在时间中，他学会支配这些角色。他活过的生命愈多，他愈能与他们分离。当他必须为世界而舍身舞台时，眼前会浮现一幕幕他所经历的事物。一切历历在目。他感受到这场冒险撕心裂肺、无可取代的一面。他知道他可以即刻赴死。死亡是年老演员的家。

征服

　　"不，"征服者说道，"请别以为我喜于行动，就必须忘记思考。相反地，我可以完美地界定我所相信的事物。因为我坚决地相信它，通过明确与清晰的观点去了解它。请当心那些嘴上说着'这件事我太熟了，以至于难以表达'的人。他们之所以没办法表达，是因为他们实际上并不了解，或是因为懒惰才略懂皮毛就止步不前。

　　"我并没有很多意见。在人生终了之际，人才领会到自己花了多年时间才确定了一个唯一的真理。这个唯一真理，如果它明白无误的话，足以作为一生的原则。就我而言，我对于作为一个人无疑有些看法值得一谈。但内容可能直率刺耳，假使必要的话，也会带有适度的轻蔑。

　　"人唯有通过沉默而非说话，才能成为真正的人。对许多事情我将保持缄默。但我坚定地以为，所有那些对个人做出评断的人，是依靠着远比我们少上许多的经验就建立起的论断。智慧，动人的智慧，也许预见到必须注意的事物。然而，这个时代，它的残垣断壁与血腥杀戮明显充斥在我们之间。对于古代的民族甚至是我们这个机械年代的新近国家而言，有可能在社会的道德与个人的道德间取得平衡，并思索出何者应该为对方服务。这个可能性，首先是根据人们心中根深蒂固的盲目信念而推断，亦即人们相信来到这个世界就是为了服务或被服务。而且因为无论社会或个体都尚未展现出全部的能力，使得这个可能性始终存在。

"我见过一些良善之人惊叹于荷兰画家的杰作，但这些画家诞生在弗兰德地区（Flandre）①的血腥激战的烽火下。他们也为西里西亚地区②的神秘主义者的祷告而感动不已，但这些神秘人士成长于恐怖的三十年战争（guerre de Trente Ans）③期间。他们

---

① 编按：弗兰德指比利时北部的一个地区，传统上亦包括法国北部和荷兰南部的一部分。
② 编按：西里西亚是中欧的一个历史地域名称，目前该地域绝大部分地区属于波兰，小部分属于捷克和德国，历史上的西里西亚还属于过波希米亚王国和奥地利帝国。
③ 编按：三十年战争（1618—1648）是由神圣罗马帝国的内战演变而成的一场大规模欧洲战争，以波希米亚人反抗哈布斯堡家族统治为肇始，以哈布斯堡家族战败并签订世界首个国际公约《威斯特伐利亚和约》而告终。

惊讶地发现，永恒的价值残存在现世的喧嚣之上。不过时间依旧向前行。今日的画家被剥夺了那样的宁静从容。即使他们在实际上拥有创作者所必要的心灵，亦即一颗无情之心，却也毫无用处，因为所有人，连同圣徒本身在内，都被动员起来了。这或许就是我感触最深的部分。每一种在战壕中的挫败，每一个被钢铁压垮的笔法、隐喻或祷词，都将导致一部分的永恒丧失。意识到我无法脱离所处的时代，我就决定要与它融合在一起。我之所以这么重视个体，仅仅是因为我以为个体既微不足道又备受屈辱。在知道并不存在胜利的原因之后，我就对失败的原因有所偏好：它们要求灵魂的全然投入，无论是在失败时，或是在短暂的成功之际。对于感到自己与这个世界的命运紧密相连的人而言，文明的冲突着实有些值得忧虑之处。我把这个忧虑当作己任，与此同时，我也想要加入其中为之一搏。在历史与永恒之间，我选择站在历史的一方，因为我喜爱明确的事物。至少，我对它有把握——我如何能够否定这个压垮我的力量呢？

　　"总是会有这么一刻到来：必须在沉思与行动

间做出抉择。这是成为真正的人的必经之路。其间所体验到的撕裂感着实骇人。但对于一颗骄傲的心来说，在此不容有任何的折中。一边是上帝，一边是时间；一边是十字架，一边是长剑。这个世界具有某种超越其骚动不安的更高意义，抑或，事实上，唯一真实的是这些骚动不安。必须与时间共存亡，抑或逃避时间去追求更远大的人生。我知道可以和解，我知道可以活在这个时代并且信仰永恒。这称为接受。然而，我对这个词感到厌恶。我想要一切，不然就什么都不要。假如我选择行动，请别以为沉思对我来说是一片未知。然而，沉思无法给我一切，而在失去了永恒之后，我希望能与时间结盟。我不希望继续乡愁与痛苦，我只想要清楚地明白一切。我告诉您，明天您将被动员。对您和我，这都是一种解放。个人对一切无能为力，却也无所不能。在这个不可思议的不受拘束性中，您将了解我为何既颂赞个人又否定他。正是这个世界在倾轧他，而我解放了他。我赋予他属于他的权利。"

* * *

　　"征服者了解，行动就其本身来说是无用的。唯一有用的行动，是可以改造人与世界的行动。我绝不会去改造人，不过必须'假装'这么做。因为这条奋斗之路引我遇见肉体。这个遭受贬抑的肉体，是我唯一确信的事物。我仅能依赖它。人是我的故乡。这就是我为何选择这个荒谬而无意义的努力。这就是我为何站在奋斗这一方。我已经说过，这个时代适合如此。直至今日，征服者的伟大皆属于地理性的，亦即根据所征服的领土规模来衡量。然而，'伟大'这个字眼已经改变意义，不再指凯旋的将领，这样的改变并非徒然。伟大已经变换阵营，它现在站在抗议与不见未来的牺牲这一方。原因并非出于对失败的偏好。胜利也许受到期待。但胜利仅有一种，而且它属于永恒。我绝不想拥有这种胜利。这就是我所遭遇的困难，而且我毫不退让。革命总是在对抗神祇中获得实现，而第一场革命即来自普罗米修斯（Prométhée），他是现代征服者的第一人。那是人对抗自己命运的要求，贫穷者的请愿不过是借口。但我仅能在人的历史行动中抓住这个精神，并在此加入其中。然而，请别以为我乐于这么做：面对本质的矛盾，我坚持我属于人类的矛盾。我把我的清醒建立在否定它的事物中间。我在否定人的事物之前，赞颂人的存在，于是在这样的张力、明智与巨大的反复中，我的自由、反抗与热情结合为一。

"是的，人即是他自身的目的。而且是他唯一的目的。假使他希望有朝一日成为怎样的人，那么就在此生达成。我如今知之甚深。征服者有时会谈到战无不胜与攻无不克。不过他们所意指的始终是'克制自我'。您很清楚它是什么意思。在某些时刻，所有人都自以为地位如同神祇一般。至少有人会这么说。不过这种体会是来自人在某个瞬间所感受到的、由人的精神所迸发出来的不可思议的崇高特质。在人们之中，征服者是唯一一群确信自己的力量足以持续生活在如此的高度，并且全面意识到这样的崇高的人。这种崇高感是个算术问题，有的人比较多，有的人比较少。而征服者是能够感受到最多的人。但他们所拥有的不多于人所能拥有的。这是为何他们绝不会放弃人的考验，始终炽烈地投身于革命的灵魂中。

"征服者在那儿发现伤兵残将，但他们也在那儿遇见所珍爱与佩服的唯一价值——人及其沉默。这既是他们的贫乏，也是他们的富足。对他们而言，唯一一项奢侈品是人与人的关系。一个人怎么可能不了解，在这个脆弱的宇宙中，一切属于人类且仅仅属于人类的事物，都具有最热烈的意义？紧绷的神情，备受威胁的战友之爱，人与人之间如此强烈与纯洁的友谊，处处都是真正的财富，只因为这一切皆短暂易逝。正是在这些属于人类的事物间，心智最能感受到它的威力与限制，亦即它的有效性。有人提到天才。但是别这么轻易地脱口而出。我比较偏好智识。必须指出，智识同样具有卓越之处。智识照亮了这片荒漠，并且主宰它。智识了解它的义务，并且阐明它。智识将与肉身同时死去。但智识深谙这一点，这即是它的自由。"

* * *

"我们并非不知道所有教会皆反对我们。一颗如此紧绷的心逃避着永恒，而所有的教会，无论是神圣的或政治的，却追求着永恒。幸福与勇气，报应或正义，对教会而言都是次要的目标。这是教会所提出的教条，人们必须同意它。但我与这些观念或永恒皆无关。切合于我的理解范畴的事实，都是可以实际触及的事实，我无法与之分开。这是为何您无法以我为基础，去建立任何事物：征服者并不拥有任何可长可久的事物，甚至连他的主张也不例外。

"无论如何，一切走到尽头就是死亡。我们心知肚明。我们也知道，死亡将终结一切。这是这些遍布欧洲的坟地——它使我们当中的一些人心神不宁——如此可憎的原因。人们只会美化喜欢的事物，而死亡却使我们反感与厌烦。它也需要被征服。经历威尼斯人的围攻，又遭受鼠疫侵袭因而人去楼空的帕多瓦（Padoue），城中最后一名卡拉拉（Carrara）家族的囚犯吼叫着奔过无人的宫殿大厅，他在召唤魔鬼，希望魔鬼赐他一死。这是一种战胜死亡的办法。这同样也是西方所固有的勇气的标记：把死亡自以为获得荣耀的那些地方变得丑陋可憎。在反抗者的宇宙中，死亡颂赞不公不义。死亡是极度的虐待。

"其他人同样没有妥协，他们选择了永恒，并揭露出这个世界的幻觉。他们的墓园在百花与鸟鸣中绽放微笑。这幅画面很适合征服者，让他清楚地看见他所拒斥的事物。相反地，他选择以黑色铁栏杆围住墓地，或者下葬在无名冢。最优秀的永恒的心灵，面对着与这样的死亡意象共存的人，有时会感到自己突然被笼罩在一股充满敬意的恐怖以及怜悯之情当中。不过这样的人却是从如此的意象中汲取力量与正当性。我们的命运就在我们眼前，它正是我们要挑战的对象。并非出于傲慢，而是出于对我们没有意义的生存状态的觉醒。我们有时也会怜悯自己。这是唯一我们似乎可以接受的怜悯：这也许是您几乎不了解的一种感受，而且您可能觉得它欠缺男子气概。然而，正是我们之中最具胆识的人，才能有此体验。我们把清醒的人称为男子汉，我们不希望有任何力量与明智的意识分离。"

* * *

　　再声明一次，这几个人物形象并非提供某种伦理准则，也无涉判断，它们只是一幅幅的素描。这些人物仅代表着某种生命的方式。情人、演员或冒险家排演着荒谬的生活。而如果愿意的话，禁欲者、公仆或共和国总统也能有一流的荒谬演出。只要了解其中的道理，并怀抱正视一切的态度，就足以做到。在意大利的博物馆，有时可以见到一些彩绘的小隔板，以前，教士会拿着这些小板子挡住囚犯的视线，以免他们看见断头台。各种形式的思想跳跃，投入神或永恒的怀抱，任由来自日常生活或某些观念的幻觉支配，这种种都是掩盖荒谬的小隔板。不过有些公众服务者并没有这块板子挡在眼前，而我想要谈论的正是这些人。

　　我挑选了最极端的例子作为说明。在这个层次上，荒谬给予他们某种王权。的确，这些人都是没有王国的皇族。不过比起其他人，他们的优势就在于他们深知所有的王权都是幻觉。他们知道这正是他们的崇高之处，对他们谈论什么隐藏的不幸或幻灭的灰烬，只是白费功夫。被剥夺了希望，并非只剩绝望。相较于天堂的芬芳，人间的火焰有过之而无不及。无论是我或其他人都无法在此评断他们。他们并不追求卓越，他们只是试图合乎逻辑。假使"智者"这个词是指依靠自己所有而不奢望自己所无而活的人，那么他们就是智者。这些智者中的任一个，无论是心智的征服者，或是从认识与体验而来的唐璜，或是智慧的演员，都比任何人熟知其中的道理："即便你把自己温驯的小绵羊气质发挥到极致，也不会因此获得人间与天上的特权：在最好的情况下，你还是一只长着角的可笑的小羊，仅此而已，即使你没有志得意满，也没有因为摆出评判者的姿态而制造出丑闻。"

无论如何，必须让荒谬推理恢复更热情的面向。想象力可以添加许多其他的面向，它紧密联结于时间与放逐，而且同样知道如何找到相容于一个没有未来、没有弱点的宇宙的生存之道。于是，这个没有神祇栖居其中的荒谬世界，充满着清晰地思考、不再怀抱希望的人。而我尚未谈到最荒谬的人物，就是创作者。

荒谬的创作

或许伟大的艺术作品就其本身而言并非如此意义重大，

真正重要的是，它要求人去面对的考验，

以及它给予人们克服幻想、更加靠近真正现实的机会。

哲学与小说

仁立在荒谬的稀薄空气中的所有这些生命，若无某些深远的思想为他们灌注力量，他们将无法维系下去。在此，那可能只是某种奇特的忠诚之心（fidélité）。在最愚蠢的战争中，可以见到某些觉醒之人实践着他们的任务，不认为有何矛盾之处。因为他们不逃避。于是，在承受世界的荒谬性上便有一种形而上的荣耀。征服或演戏、形形色色的爱情、荒谬的反抗，这种种都是人在一场已先被击败的战役中，对自己的尊严所献上的敬意。

这不过是对战斗规则的忠诚。这样的想法就足以支撑一个心智，它直到现在仍维系着整个文明的存续。我们无法否定战争。人必须与它共存，或为它而死。荒谬亦是如此：重点在于如何随着荒谬而呼吸，承认并重新充实它所带来的教训。就这点而论，荒谬最无与伦比的喜悦就是创作。"只有艺术，别无其他。"尼采说，"我们拥有艺术，是为了不葬身在真理之下。"

在我尝试要去描述并找出几种模式的经验中，确实当某个痛苦消失了，新的痛苦便会出现。幼稚地追求遗忘或要求满足已得不到共鸣。然而，人与世界的持续对立，催促他接受种种谵妄，将带来另一种狂热。于是在这个宇宙中，艺术作品是维持他的觉醒及修正经历的唯一机会。创作是再度体验一次。普鲁斯特式的那种焦灼的、探索性的追寻，小心翼翼地搜罗花卉、挂毯与苦恼，意义正在于此。这样的追寻仅仅彰显出那种持续不断、难以察觉的创作过程，而那正是演员、征服者与所有荒谬的人终其一生、日复一日的投入。所有人致力于模仿，尝试重复、再造他们所面对的现实。而我们总是以获得真理的面貌告终。对背离永恒的人而言，所有存在不过是戴着荒谬的面具所进行的一场巨大的模仿。创作是伟大的模仿。

这些人首先对一切了然于心，接着他们投注所有努力遍览、扩大与充实这座他们刚登上的没有明日的岛屿。但他们必须先知道。因为发现荒谬的同时会有一段暂停期，未来的热情将在其中酝酿并获得正当化。即便没有获得福音的人也有自己的橄榄山（Mont des Oliviers）①。他们同样不应在自己的山头昏昏睡去。对荒谬的人来说，事情不再是去解释、去解答，而是去体验、去描绘。而一切就从清醒的冷漠开始。

描绘是荒谬思想的最后抱负。而当科学来到其矛盾的终点，同样停止提出什么，而是开始思索与描画一幕幕始终完整的现象风貌。心灵因此明白，当我们看着世界的诸般面貌时，使我们愉悦的情感并非来自世界的深度，而是它的多样性。解释只是徒然，唯有感受才得长存，随着感受而来的，则是蕴藏不尽的宇宙持续的召唤。在此可以理解艺术作品的地位。

艺术作品标示着某个经验的死亡与繁衍。对于

---

① 编按：耶路撒冷东部的一座山，因满山遍布油橄榄树而得名。山脚有客西马尼园（Gethsémani），传说那是耶稣在耶路撒冷的住处。圣经中的许多重要事件发生在橄榄山。

这世界已经编排上演过的各种主题，好比肉体，神庙的三角楣饰上不可胜数的图像，种种的形式或色彩，数目或苦恼，艺术作品则像是一种单调又充满激情的重复。所以假使在创作者的奇妙而幼稚的宇宙中，重新见到本文的重要主题，那也并非毫不相干。然而，若是在其中看见某种象征，以为艺术作品最终可以视为荒谬的庇护所，则是错误的。艺术作品本身就是一个荒谬的现象，我们所关注的只是去描述它。艺术作品并不提供智性苦痛的出口。相反地，艺术作品是如此的苦痛所流露的一个迹象，它通过一个人全部的思想反映出来。然而，艺术作品让心智首次走到自身之外，并将它置于他人面前，但并非要让它迷失其间，而是要清楚地向它展示这条所有人先后踏上的道路，一条没有出口的路。在进行荒谬的推理时，创作跟随着漠然与发现而来。创作标志着荒谬的热情蜂拥而出的一刻，此时推理宣告退场。在本文中，创作的地位正是由此确立。

为了在艺术作品中发现关于荒谬的思想矛盾，只需揭露创作者与思想家共有的几个主题便已足够。确实，使这些才智之士彼此相近的因素，并非他们拥有相同的结论，而是因为他们共有的矛盾。思想与创作之间的关系亦如是。不消我多说，同样的苦恼使人走上思想与创作之路。这是两者开始的一致之处。然而，所有从荒谬出发的思想，却少有能坚持下去者。由它们的差别或不忠，我可以轻易地判断它们是属于荒谬的。同样的，我必须自问：有可能存在荒谬的艺术作品吗？

* * *

我们不能过于坚持艺术与哲学之间存在古老对立的武断性。如果以狭隘的意义去理解这个对立，那么它肯定是假的。假使只是指出这两个领域各自独特的氛围，这可能是对的，却仍模糊。唯一可以接受的论点来自以下两者所引起的矛盾：封闭在自身系统内的哲学家，以及站在自己作品前的艺术家。不过这个说法仅适合于谈论我们在此认为较次要的某种艺术形式与哲学形式。艺术与其创作者分离的概念，不仅过时，而且错误。相对于艺术家，据称从来没有任何哲学家创造出系统来。但这种说法的正确性就像是说，从来没有任何艺术家在不同面向下能表达超过一件作品。艺术的瞬间完美，艺术不断革新的必要性，这种观点是真正的偏见。因为艺术作品同样出自建构，而每个人都知道，伟大的创作者可以是何等的单调。出于与思想家同样的理由，艺术家也投身于作品，并在作品中成为自己。这个相互渗透的影响，提出了最重要的美学问题。此外，对于相信心智的目标单一的人而言，依照方法与研究对象进行区分是最空洞的做法。人为了理解与爱而给自己设下的种种领域间，并不存在任何分界线。这些不同领域彼此渗透，相同的焦虑则让它们汇流。

一开始有必要先将这些观念说清楚。为了让荒谬的艺术作品成为可能，必须包含最清醒的思想。然而，思想除了是下指令的智识外，不能过于明显。这个吊诡之处可以从荒谬的角度来解释。艺术作品来自智识停止理解具体的事物。艺术作品标志着肉体的胜利。清醒的思想激发出了艺术作品，但正是这个行动让思想放弃了自身。思想不会屈服于企图对被描绘的事物添加更深刻的意义的诱惑，它知道那是不正当的。艺术作品体现了某种智识的戏剧，但仅以间接的方式证明了智识的在场。荒谬的作品需要一个意识到这些限制的艺术家，一种仅表现具体本身的艺术。它不能是生命的目标、意义与慰藉。进行创作与否并不能改变任何事。荒谬的创作者并不珍视自己的作品。他有可能放弃它，他有时也真的放弃它。只要一个阿比西尼亚（Abyssinie）[①]就足以让这样的事发生。

同时可以在此处发现一种美学规则。真正的艺术作品总是符合人的尺度。它在本质上是那种"说得比较少"的作品。在艺术家的总体经验与反映这个经验的作品之间具有某种关联性，如同《威廉·迈斯特的学习时代》（Wilhelm Meister）与歌德的成熟阅历的关系。在印有花饰的纸页上，当作品企图以某种解释性文学来展现所有的经验，这种关联性就不算适当。而当作品仅是一截经过裁剪的

---

① 编按：这里暗指兰波的例子。兰波放弃了写作生涯后，于1884年开始在阿比西尼亚（今埃塞俄比亚）从事军火走私生意。

经验，如同钻石的一个小刻面，映射出毫不受限的内部光华，这个关联性就是适当的。在第一种情况下，作品展现出过重的负荷与对永恒的奢望。在第二种情况下，则见到一个生意盎然的作品，隐约感受到的丰富经验辐射出所有言外之意。对于荒谬的艺术家来说，重点是去习得超越技能的生存之道。最后，在这种氛围下的伟大艺术家，首先是个伟大的生活家，此处所指的生活同时表示体验与思索。艺术作品于是体现了某种智识的戏剧。荒谬的作品说明了思想屈服于仅仅成为智识本身，而这个智识充分利用表象，并以形象来表达所有非理性事物。假使世界清晰可见，艺术将没有存在的空间。

在此将不讨论形式的或色彩的艺术，在这类艺术中，描绘方式①谦逊地独占鳌头。思想结束便由表现接手。那些群聚在神庙与博物馆里眼窝空洞的少年雕像，用动作举止表现出他们的哲学。对荒谬的人而言，这样的哲学比所有图书馆都要有教育

---

① 值得一提的有趣发现是，最具有智识倾向的绘画，也就是企图将现实化约成几个根本元素的绘画，最后仅呈现出视觉上的愉悦。它只留下抽取自世界的色彩。

性。另一方面，音乐的道理亦是如此。假使存在一种被剥除了教训的艺术，那肯定就是音乐。音乐太像数学了，不可能不从数学那里借用"无偿性"（gratuité）的特质。心智依照既定的与有节制的法则与自己所进行的这场游戏，展现在属于我们的声音场域中；在这个场域外，音波振动存在于一个非人的宇宙间。不会有更纯粹的感觉了。这些例证太过容易。荒谬的人把这些和谐感、这些形式美都视若己出。

不过我在此想要谈论某种作品，在这些作品里，解释的诱惑当道，幻觉浮想联翩，而且结论几乎是无法避免的。我指的是小说创作。我自忖：荒谬能否立足其中？

* * *

思想首先是要创造出一个世界（或是划定自己的世界，两者实属同一回事）。这是从把人与他的经验分开的基本论点出发，为的是寻找一个根据他的乡愁所形塑的共同基础，而这样一个由理性所架构、由模拟所照亮的宇宙，让人得以解决难以忍受的离异问题。即便如同康德这样的哲学家也是个创作者。在他笔下，有人物、象征与隐秘的情节。他也有他的故事结局。相反地，小说领先诗歌与随笔的现象，仅代表着（尽管表面上并非如此）一种更为重大的艺术智识化（intellectualisation）的倾向。我们当然理解这里所讨论的是那些最伟大的小说。一种体裁的丰饶与崇高程度，经常可以根据其中拙劣作品的多寡来衡量。虽然低劣小说的数量多不胜数，却不该因此忽略一流小说的价值。这些好小说恰恰盛载着自己的宇宙。小说自有其逻辑、推理、直觉与基本假设。它也要求条理清楚。①

我在前面谈及的艺术与哲学间的古典对立，就小说这个特殊个案而言，可以说更站不住脚。在能

---

① 反思一下，这也能解释坏小说的成因。几乎所有人都自认有思考能力，而且在某种程度上，无论好坏，也真的能进行思考。相反地，却罕见有人想象自己是诗人或文字艺术家。然而，自从思想在价值上超越风格那一刻起，人们就涌向小说。

这并非如人所以为的严重坏事。但是一流小说因此对自己也就要求更多。而对于自行缴械的作品来说，原本就不值得流传下来。

轻易将哲学与它的作者分开的时代，这个对立才有意义。今日，思想不再自以为具有普遍性，而描述思想的最佳历史是有关懊悔的故事。我们于是理解，系统在它有效之时并不会与它的作者分离。斯宾诺莎的《伦理学》（*Éthique*）本身，从它的某一面向观之，只是一则论述严密而冗长的内心告白。抽象的思想最终与它的肉体基础相会合。而同样地，遵照某个世界观的要求，肉体与热情的虚构游戏也被更仔细地安排。不再是去讲述"故事"，而是去创造出一个宇宙。伟大的小说家都是哲学性的小说家，也就是说他们不同于论文作家。在此仅提及几位如此风格的小说家，比如巴尔扎克（Balzac）、萨德（Sade）、麦尔维尔（Melville）、司汤达（Stendhal）、陀思妥耶夫斯基、普鲁斯特、马尔罗（Malraux）与弗兰茨·卡夫卡（Franz Kafka）等。

然而，他们偏好意象写作而非逻辑写作这件事，揭露了一种共同的思想：深信任何的解释原则皆徒然，确实可感的表象含有教益性。他们认为作品既是终点，也是起点。作品是某种通常未曾言明的哲学成果，是这种哲学的阐释与完成。但唯有通过这种哲学的言外之意，作品方能达致完整。最终它证明了一个古老主题的变奏：少数思想疏远了生命，多数思想则归向生命。由于思想无法改变现实，于是它模仿现实。我们所关注的小说是一种认知工具，用来挖掘这种既具相对性又无穷无尽的知识，很像是爱情的知识。关于爱情，小说创作是惊奇欢喜，也是深思熟虑。

* * *

这些至少是我一开始在小说中所发现的奇妙魅力。然而，我也曾从"被贬低的思想"传统中看到那些思想家拥有同样的吸引力，这使我能够思考他们的"哲学的自杀"的问题。我的兴趣是去认识与描绘那股引领他们共返通向幻觉道路的力量。在此，我也可以用相同的方法来理解。经验使我得以缩短推理过程，并且可以立即针对特定的案例做结论。我想了解，当我们接受了可以过着**没有诉求**的生活时，我们是否同样赞同在工作与创作上也能**没有诉求**，以及有哪一条路可以引领我们通往这样的自由。我想要使我的世界摆脱幻觉，只有我不能否认其存在的肉体的真理。我可以创作荒谬的作品，我可以选择创造性的态度进行创作。然而，一个不变的荒谬态度始终必须意识到它自身的无偿性。作品亦是如此。假使在作品中没有遵守荒谬的指令，假使作品没有描述离异与反抗，假使作品迎合幻觉并激起希望，那么它就不再是无偿性的。我也就不再能脱离作品。而我的人生就能在其中找到某种意义，某种微不足道的意义。作品不再是脱离与热情的演练，而这样的演练原本可以圆满地体现人的生命的辉煌与徒劳。

　　在解释的诱惑当道的创作中，有可能克服这个诱惑吗？在真实世界的意识当道的虚构天地中，我有可能维持对荒谬的忠诚，不迎合做结论的欲望吗？在最后的努力中，还是有如此多的问题需要面对。我们已经了解了这些问题的意义。这些问题是意识最后的迟疑：它担忧为了某个最后的幻觉，而放弃了它最初的艰苦教诲。创作是人意识到荒谬后可能抱持的种种态度之一，而适用于创作的做法，同样也适用于开放给他选择的所有生活风格。征服者或演员，创作者或唐璜，都有可能忘记：如果没有意识到生活的疯狂，生活将无法顺利运作。人们很容易就养成习惯。人们希望赚钱过幸福的日子，所有的奋斗与人生最精华的部分，全都投入赚取金钱上面。幸福于是被遗忘，手段变成了目的。同样地，征服者的所有努力也会偏离正轨，转向他的野心，但他的野心不过是一条朝向一种更远大生活的道路。至于唐璜，他同样也会赞同自己的命运，满足于存在只有通过反抗才能获致崇高的价值。对于前者，只有觉醒；对于后者，只有反抗。就这两个例子来说，荒谬已经从中消失。人心中有如此多根深蒂固的希望。对于将世间皮相剥除净尽的人来说，有时最终却接受了幻觉。这种因内心平静的需求而接受，与存在的认可实属一体两面。于是就可以见到光明的神祇与泥塑的偶像。然而，重点是去找到通往人的诸种样貌的中间道路。

截至目前，我们都从那些没有遵循荒谬的要求而遭遇的失败中，了解有关荒谬的要求。同样地，我们只要知道小说创作可以呈现与某些哲学相同的模棱两可的特性就够了。于是，我选择了一部作品做说明，它具有一切标志着荒谬意识的元素，而且起点清晰可辨，气氛清楚明白。它的结论也能启发我们。假使荒谬不受尊重，我们将会知道幻觉如何迂回闯入。一个明确的案例、一个主题、创作者的忠诚之心，这样就已足够。而所涉及的相同的分析过程，已经详尽阐释过。

我将检视陀思妥耶夫斯基所偏爱的一个主题。我原本也可能讨论其他作品。[①] 不过在陀思妥耶夫斯基的作品中，无论是崇高的意义或是情感的意义，问题皆被直接处理，如同已经讨论过的那些存在思想。这种相似的过程有助于达成我的研究目标。

---

① 比如马尔罗的作品。但那就必须同时处理社会性的问题，实际上，荒谬思想无法规避这种问题（尽管它可以对该问题提出若干极为不同的解决办法）。不过研究总是应当适可而止。

基里洛夫

陀思妥耶夫斯基笔下的所有人物，皆在探寻人生的意义。正因如此，这些人物具有现代性：他们不怕被讥笑。现代感性有别于古典感性之处在于，前者沉浸于形而上的难题，后者致力于道德的难题。在陀思妥耶夫斯基的小说中，问题被强烈提出，只能以极端的办法来解决。存在若非虚幻的，即是永恒的。假如陀思妥耶夫斯基满足于这样的探问，那么他会是个哲学家。但他阐明了这样的心智游戏为人生带来的种种结果，因此他是个艺术家。而在种种结果中，他最在意的是最后一个结果，亦即他在《作家日记》(*Journal d'un Écrivain*) 中所说的"合乎逻辑的自杀"。事实上，在 1876 年 12 月出版的内容中，他就提出"合乎逻辑的自杀"的推理方式。绝望的人深信，对于任何不信仰永生的人来说，人的存在本身就是彻底的荒谬，于是他会导出如下的结论：

"由于我对于幸福的种种探问，通过我的意识的中介，我所获得的答案是，除非我能和那伟大的总体和谐共存，不然我不可能幸福，然而，显然不管现在或将来，我都无法设想这样的事情发生……

"……既然最终在现实的范畴中，我同时扮演了原告与被告的角色，也担任被告与法官的角色；既然我以为老天所搬演的这出戏愚蠢至极，我甚至认为，在这出戏中演出让自己受到了屈辱……

"有鉴于我担任原告、被告与法官的表现无可挑剔，我将给这个行事如此厚颜无耻、毫无顾忌，让我自娘胎出生受尽人世之苦的老天定罪，我将判决它跟我一起灭绝。"

在这个立场中仍然存在一抹幽默感。这个自杀者自我了断的原因，是他在形而上的层面受到了冒犯。在某种意义上，他要进行报复。这是他证明"没有人可以再支使他"的方法。不过我们知道，相同的主题也体现在基里洛夫这个人物上，而且还是以更令人佩服的广度。基里洛夫是《群魔》一书的角色，他也是逻辑性自杀的支持者。在小说的某个段落，工程师基里洛夫宣称他要了结自己的生命，因为"这是他的主意"。显然必须按照字面意义来理解他的话。正是为了一个主意、一个想法，他准备赴死。这是高傲的自杀。随着一场又一场的剧情推进，基里洛夫的面具逐渐被揭开，也一步步揭露出驱策他的致命思想。的确，这名工程师重拾了《作家日记》中的推理方式。他认为上帝是必要的，上帝一定要存在。但他知道上帝并不存在，上帝不可能存在。他呼喊道："你难道不明白这正是一个足以让人自杀的理由吗？"这样的态度也导致了几个荒谬的结果。出于同样的心态，他接受用他的自杀去支持一个他所鄙视的动机。"我昨天晚上决定我不管了。"最后，他带着反抗与自由的情绪进行死亡的准备。"我自杀是为了表明我的不服从，我的崭新又可怕的自由。"这不是报复，而是为了反抗。所以基里洛夫是一个荒谬人物——但有个最重要的保留：他自杀。他自己也解释了这个矛盾，由此他同时揭露了最纯粹的荒谬的秘密。事实上，他在致命的逻辑中加入了一种非比寻常的抱负，让人看清楚这个角色：他要自杀以便成为神。

这个推理显然是古典的。假如上帝不存在，那么基里洛夫就是神。假如上帝不存在，那么基里洛夫就必须自杀。于是基里洛夫应当自杀以便成为神。这个逻辑是荒谬的，却必然如此。然而，有趣之处在于，这个重新被带回人间的神，被赋予了某种意义。而且还回头阐明了那个前提："假如上帝不存在，那么我就是神。"不过这个前提的意义依旧有点晦涩。重点是，首先必须留意，高举这项疯狂主张的人，是属于尘世的人。基里洛夫每天早上做体操来保持身体健康。他对于沙托夫（Chatov）与妻子重逢的欢喜也同感激动。他的遗书上要画一个朝"他们"吐舌头的脸。他具备稚气、易怒、热情、敏感与思虑周详等特质。就超越常人的一面而言，他只是有逻辑与执念，其他则一如常人。然而，他冷静地谈论着自己的神性。他没有疯，不然就是陀思妥耶夫斯基疯了。所以煽动基里洛夫的并非自大狂的幻觉。在此，就这些话去理解会觉得可笑。

基里洛夫这个人本身有助于我们理解。在回答斯塔夫罗金所质疑的一个问题时，他明确表达，他谈的并不是"神人"（dieu-homme）。我们可能以为这是考虑到要与基督做区别。但事实上，他却是把基督纳为己有。因为基里洛夫一度想象，死后的耶稣发现自己不在天堂。于是耶稣明白自己的受苦毫无意义。基里洛夫说："自然法则使基督活在谎言中，也使他为了谎言而葬命。"仅仅在这个意义上，耶稣体现了所有人类的悲剧。耶稣是个完美的人，也实现了最荒谬的处境。他并非"神人"，而是"人神"（homme-dieu）。如同耶稣一般，我们每个人都可能被钉在十字架上，而且被牺牲——在某个程度上，我们已经如此。

所以神性的问题完全属于人间。"我花了三年时间寻找我的神性特征，"基里洛夫说，"而且我找到了。我的神性特征就是独立。"如此一来我们就能体会基里洛夫的前提的意义："假如上帝不存在，那么我就是神。"成为神仅仅意味着一个存在于人间的自由个体，不再去服侍一个不朽的存在。当然，尤其要从那个痛苦的独立中得出所有推论。假如上帝存在，一切都取决于他，我们完全无法对抗他的意志。假如上帝不存在，一切就取决于我们。对于基里洛夫来说，一如对于尼采，诛杀上帝意味着变成神本身，而这正是福音书中所谈的在人间实现永生。[1]

　　然而，假使这个形而上的罪行足以达致人的完善，为何还要加上自杀呢？为何在赢得自由之后，还要了结自己，离开这个世界呢？这实在是个矛盾。基里洛夫心知肚明，他补充说道："如果你意识到那个道理，你就成为沙皇，根本不会自杀，你将活在荣耀之巅。"但多数人不明白这一点。他们不知道"那个道理"。如同在普罗米修斯的时代，人们怀着盲目的希望。[2] 他们需要有人为他们指引道路，他们无法对宣道说教充耳不闻。所以基里洛夫出于对人的大爱，不得不走上自杀一途。他必须为他的手足同胞指出一条康庄大道，虽然路途崎岖，而他将是踏上这条路的第一人。这是一场极富教育意义的自杀。于是基里洛夫牺牲了自己。不过假如他被钉在十字架上，他也并没有被牺牲。他依旧是人神，深信没有未来的死亡，并且充满着福音的哀伤。"我，"他说，"我是个不幸的人，因为我

---

[1] "斯塔夫罗金问道：'您相信另一个世界存在永生吗？'基里洛夫回答：'不，永生只存在于我们这个世界。'"
[2] "人创造上帝只是为了免于自杀。这就是直到现在的宇宙史概要。"

被迫要去证明我的自由。"不过一旦他死了，人们最终也受到启发，人间从此将挤满一个又一个的沙皇，而人的荣耀将普照大地。基里洛夫所开出的那一枪，将是奔向最后革命的信号。因此，并非由于绝望，而是出于对他人之爱，把他推向了死境。在血泊中结束这一场难以形容的精神冒险之前，基里洛夫说了一句与人的磨难同样古老的话："一切都很好。"

陀思妥耶夫斯基笔下的自杀主题，确实就是荒谬的主题。在更进一步的探讨前，我们来看看基里洛夫又化身成为其他人物，而这些角色同样再度投身荒谬的主题中。斯塔夫罗金与伊万·卡拉马佐夫在实际生活中也实践着荒谬的真理。他们正是由基里洛夫的死亡所解放的人。他们试图成为沙皇。斯塔夫罗金过着"讽刺的"生活，众所周知这意指什么。他激起周遭的人对他的恨意。然而，在他的诀别信中，我们看到这个角色的关键："我完全无法厌恶任何事情。"他是漠然的沙皇。而伊万在拒绝放弃心智的无上权力时，也表现出同样的态度。对于那些由个人经验证明了必须屈从于信仰的人，如同他的弟弟，伊万可能响应他们说，如此的境况是可耻的。他的关键是："做什么都可以。"带着相应的忧郁色调。可以想见，如同尼采这位最著名的上帝杀手，伊万最后也以疯狂收场。这是值得冒的风险，而面对这些悲剧性结局，荒谬的人的直觉反应是问："那能证明什么？"

* * *

如同《作家日记》，这些小说皆提出了荒谬的问题。这些小说创立了至死方休的逻辑、狂热、"可怕的"自由、沙皇具有的人性的荣耀。一切都很好，做什么都可以，没有可憎的事：这种种都是荒谬的评断。如此的创作是这么不可思议！那些历经冰与火的考验的人物，对我们来说是如此熟悉！而那个在他们心中隆隆作响、由漠然所主导的热情世界，我们并不以为有任何残酷之处。我们在其中看见日常生活的种种焦虑。大概没有人可以如同陀思妥耶夫斯基一般，懂得赋予荒谬的世界如此亲近、如此折磨人心的魅力。

不过他的结论是什么？以下两则引文将显示出全然的形而上的翻转，把作家本人导向其他的领悟。由于合乎逻辑的自杀的主张引发了若干评论家的异议，陀思妥耶夫斯基于是在《作家日记》的续刊中详述了他的立场，并做出如下结论："如果永生的信仰对人是如此不可或缺的（以至于没有它，人最终将走上绝路），那是因为信仰是人性的正常状态。既然人有这样的属性，那么人类灵魂的永生必定存在。"另一个引文出现在他最后一部小说的结尾处，在一场与上帝之间惊天动地的争斗步入尾声之际，孩子们问阿廖沙（Aliocha）说："卡拉马佐夫先生，宗教说的都是真的吗？我们死后会复活吗？我们到时候还会再见到彼此吗？"阿廖沙答道："没错，我们会再相见，我们会快乐地诉说所经历过的一切。"

如此一来，基里洛夫、斯塔夫罗金与伊万都是被击败的人。《卡拉马佐夫兄弟》（Karamazov）回应了《群魔》。它正是一项结论。阿廖沙这号人物并不像梅诗金公爵（prince Muichkine）那么暧昧不明。梅诗金公爵有病在身，始终生活在当下，脸上带着细微变化的微笑与淡漠，这种至福的状态可能就是公爵所谈的永恒生命的展现。相反，阿廖沙就表达得很清楚："我们会再相见。"重点不再是自杀与疯狂。对于确信永生与自己的喜乐的人，那么做有何好处？人用自己的神性交换了幸福。"我们会快乐地诉说所经历过的一切。"同样地，基里洛夫扣下扳机，枪声响彻俄国某处，然而世界继续在盲目的希望中向前滚动。人们并不了解"那个道理"。

所以，向我们讲述故事的人，并非一个荒谬的小说家，而是一名存在的小说家。在此，思想的跳跃依旧动人，它将崇高性带给了启迪它的艺术。这是一种感人的认同，充满着疑惑，流露出不确定性与熊熊热情。陀思妥耶夫斯基在谈及《卡拉马佐夫兄弟》一书时写道："该书所有章节持续追索的主要问题，也是我这一生自觉或不自觉蒙受其苦的相同问题，亦即上帝存在与否的问题。"很难相信一部小说就足以把毕生的苦难转变成喜悦的确信。有一位评论家 [1] 正确地注意到这一点：陀思妥耶夫斯

---

[1] 鲍里斯·德·施莱泽（Boris de Schloezer）。

基本人与伊万的关系密切；《卡拉马佐夫兄弟》一书中那些肯定式命题的章节，他投入三个月的努力才得以完成，而他称之为"亵渎"的章节，却以三周时间写毕，而且是在狂热的状态下完成。在他的人物角色中，没有一个不是芒刺在背，没有一个不去刺激它，或是不在感官或永生中寻找疗方。[①] 总之，让我们在心中牢记这个疑惑。在这样的一部作品中，从比白昼更强烈的昏暗之中，我们得以领会人对抗着希望的战斗。而直到最后，创作者选择了对抗他的人物。这个矛盾使我们可以做出判断。此处所讨论的并非一部荒谬的作品，而是一部提出了荒谬问题的作品。

而陀思妥耶夫斯基对此问题的回答是谦卑，如果是斯塔夫罗金来回答的话，他会说"可耻"。相反地，荒谬的作品并不提供答案，这就是两者的相异之处。最后，我们要小心留意一点：在这部小说中，抵触荒谬的并非它的基督教性质，而是它所宣告的来世。我们可以既是基督徒，又是荒谬的人。

---

① 纪德（Gide）有一个有趣又精辟的评语：在陀思妥耶夫斯基笔下，几乎所有人物都是一夫多妻的。

有些基督徒并不相信来世。所以，就艺术作品来说，是有可能明确指出某个荒谬分析的方向的，本文在早先的段落已经揣测一二。这个分析方向引导出"福音书的荒谬性"的问题。它阐明了以下观念：信仰并不会阻止对神的怀疑，这个观念将产生丰富的影响。相反地，可以明显见到熟悉这些推论路径的《群魔》的作者，最后却选择了一条完全不同的道路。创作者对他笔下人物的回答令人惊讶，比如，陀思妥耶夫斯基对基里洛夫的回答可以概述如下：存在是虚幻的，**而且**是永恒的。

短暂的创作

在此我领略到，我们不可能永远逃避希望，希望会纠缠那些力图摆脱它的人。而这是我在迄今为止所关注的作品中发现的有趣之处。至少在创作的范畴中，我可以列举若干真正属于荒谬的作品。[①] 不过万事皆有个开端。本文探讨的是某种忠诚之心。教会之所以对异教徒如此严苛，仅是因为它以为最凶恶的敌人莫过于迷途的孩子。对于建立正统教条而言，勇敢的诺斯替教派的历史，与持续不坠的摩尼教思想潮流，都做出比所有祷告更大的贡献。对于荒谬来说，情况亦然。我们即便认出了荒谬的道路，却也发现远离它的路径。在荒谬推理结束之际，在某个由它的逻辑所决定的态度中，可以发现希望戴上了它最感动人心的面具出没其间，这并非无关紧要之事。这显示了荒谬苦行的艰难之处。这尤其表明，有必要保持觉醒的意识，并且这也肯定了本文的论述架构。

[①] 比如麦尔维尔的《白鲸》(*Moby Dick*)。

然而，假如现在还不是列举荒谬作品的时机，那么至少可以就创作的态度——亦即种种可以使荒谬的存在臻于完善的态度——做出结论。最能服务艺术者，莫过于否定的思想。它的晦暗与被贬低的方法，对于理解伟大的作品来说，是如此不可或缺，如同黑白相对。"不为什么"地工作与创作（比如用陶土做雕塑），知道自己的创造没有未来，明白自己的作品一日间就会毁坏，但它的重要性与建造几世纪的事物并无二致——这便是荒谬思想所同意的艰深智慧。同时进行这两项任务，一方面否定，另一方面却赞美，这就是荒谬的创作者面临的道路。他必须给虚空抹上色彩。

　　这将推导出关于艺术作品的一个独特概念。创作者的作品常被认为是一系列孤立的证言，因此将艺术家与鬻文为生的人混为一谈。深刻的思想是一段持续生成的过程，它切合生命经验，由此被塑造出来。同样地，一个人的单一创作物会因他连续又多重的创作面貌——亦即他所有的作品——获得强化。这些作品互补，彼此修正或超越，同样也彼此矛盾。假使有什么可以让创作画下句点，那并非来自盲目艺术家所发出的虚幻的呐喊："我已道尽一切。"而是创作者之死,他关闭他的经验,合起了他的才华所写就的书页。

这样的努力、这样超出常人的觉醒,对读者而言并不必然显而易见。人的创作并无神秘之处。是意志创造出奇迹。但是至少没有秘密就没有真正的创作。确实,一系列的作品可能只是相同的思想一系列的近似物。但也可以设想有另一种创作者,他们是通过并列的方式来进行创作。他们的作品可能看起来彼此毫无关联。而且,在某种程度上,这些作品之间也相互矛盾。不过如果把所有作品集合成一个整体,就可看出各个作品各有安排。譬如,它们从死亡中得出最终的意义。这些作品从它们的作者的生命本身,领受了最明亮之光。在死亡的一刻,作者的一系列作品只是一部失败集。不过,假使这些失败皆保留了同样的共鸣,创作者就能反映出他个人的处境,并使他所持有的这个毫无建树的秘密发出回响。

在此,投入控制的努力相当大。不过人的智识足以做得更多。智识显示出创作有意识的一面。我在其他地方曾经指出，意志的唯一目标就是维持觉醒。但是如果没有纪律，这将无法运作。在所有讲求耐性与清醒的学派中，创作是最有效率的一种。创作亦是人唯一的尊严的震撼见证：它是对抗人的处境的顽强反抗，它是对被视为徒劳的努力的坚持。创作要求每日的投入、自制力、活力、有分寸，与精确判断现实的局限。创作相当于一场苦行。这一切的作为皆"不为什么"，只为一再反复与原地踏步。或许伟大的艺术作品就其本身而言并非如此意义重大，真正重要的是，它要求人去面对的考验，以及它给予人克服幻想、更加靠近真正现实的机会。

* * *

请不要产生美学上的误解。我在此所做的并非耐心说明，以及对于某个论题进行连续不断、徒劳无益的阐述。我所要求的恰恰相反——如果我已经清楚地说明了自己的看法的话。主题式小说，那种起着证明效果的作品，是所有小说中最可憎的一种，它的灵感几乎总是来自某种自满的思想。你以为了解了真相，所以就对它加以说明。但是你所提出的是意见，而意见是思想的对立物。那样的创作者是可耻的哲学家。相反地，我所提及或想象的创作者，则是清醒的思想家。在思想回返自身的某一点上，他们建立起属于他们的作品的形象，而这些形象如同某个有所局限的、致命的、反抗的思想的明显象征。

他们的作品也许能证明什么。然而，小说家会把这些证明留给自己，而不是提供出去。重要的是，小说家要在具体中胜出，这才是他们的伟大之处。这个全然肉体意义上的胜出，已经透过某种思想为他们安排妥当，那是一种抽象遭到贬抑的思想。当小说家全然胜出，肉体同时也会使创作闪耀出荒谬的全部光芒。正是嘲讽的哲学家才能写出热情洋溢的作品。

所有放弃统一性的思想才会颂赞多样性。而多样性则是艺术的场域。唯一能解放心智的思想，是能让心智独处，让心智确信它的局限与它的下一个目标的思想。任何的教条都无法煽动心智。心智等待作品与生命的成熟。当作品脱离了心智，作品将再次让人听到发自灵魂的震耳欲聋的声音，而灵魂将永远摆脱希望。或者，假使创作者厌倦了这场游戏，企图改变方向的话，那么作品将使人什么也听不到。这两种情形都可能发生。

* * *

因此，我对荒谬创作的要求，一如我对思想的要求：必须展现反抗、自由与多样性。而荒谬的创作接下来就会显现出它彻底的无用性。在这个智识与热情交融、取悦的每日努力中，荒谬的人将发现某种构成他的最大力量的纪律。而其中所需的专心，加上顽固与明智，一如征服者的态度。创作因此是赋予自己的命运某种形式。对于所有这些人物，他们的作品界定了他们，至少如同他们界定了作品一般。演员使我们习得这一事实：在表象与本质之间，没有任何界线。

让我再重复一遍。所有这一切都没有任何真实的意义。在这条自由之路上，还是有可以致力的进步空间。对于这些相关的心智，无论是创作者或征服者，最后的努力是去了解如何摆脱他们的事业。而且最终能够承认，不管是战利品、爱情或创作物等作品本身，都很可能并不存在，创作往往只是个人生命的徒劳。这甚至可以让他们在完成作品时，感到更自在从容，如同领略到人生的荒谬性，便让他们纵身投入荒谬的生活。

而所剩下的就是命运，命运的唯一出路是死路。而在死亡这个唯一的必然性之外，无论是喜悦或幸福，一切皆是自由的。世界依然故我，而人是其中唯一的主人。过去牵绊他的是对于另一个世界的幻觉。而如今人的思想的结局不再是自我放弃，而是通过诸般形象重新活跃起来。思想于是开始嬉戏——这确实会发生在神话领域中，不过是那些仅呈现人的苦痛的神话，而且如同思想一般，神话也是无穷无尽的。这样的神话，并非起着娱乐与盲目效果的诸神传奇，而是人间的一幅幅面貌、姿态与戏剧，概括出一种艰深的智慧与一种转瞬即逝的热情。

西绪福斯神话

朝向山顶的战斗本身，就足以充实人心。

我们应当想象，西绪福斯是快乐的。

西绪福斯受到诸神的谴责而必须永无休止地推着一块巨石上山，但到达山顶之后，巨石会因为自身的重量又往山下滚去。出于某种理由，诸神以为，最可怕的惩罚莫过于徒劳无功、没有希望的劳动。

根据荷马（Homère）的说法，西绪福斯是最聪明谨慎的凡人。然而，根据其他的传说，他可能专干拦路抢劫的勾当。我看不出其中有何矛盾之处。对于西绪福斯为什么被打入地狱做着最枉然的事，有各式各样的说法。首先，他被控对诸神不敬。他泄露了他们的秘密。河神阿索波斯（Asope）的女儿埃癸娜（Egine）被天神朱庇特（Jupiter）掳走。做父亲的对于女儿的失踪感到很震惊，便向西绪福斯诉苦。西绪福斯清楚这桩诱拐事件，他提议说如果阿索波斯可以赐水给科林斯（Corinthe）卫城，他就愿意道出事情原委。相较于天降雷电，西绪福斯宁可要水的恩典。但他因为这样的行为而被贬入地狱受惩。荷马也说过，西绪福斯曾用铁链铐住了死神。冥王普路托（Pluton）无法忍受自己的国度荒凉的景象，于是派遣战神去把死神从这名征服者的手中解救出来。

据说西绪福斯在临死之际，草率地想要检验妻子对他的爱。他命令她不要把他埋葬，直接将他的尸首丢到公共广场中央。后来西绪福斯在阴间醒来，对于妻子只顾遵从指令却违逆人之常情的做法感到非常恼怒，于是在普路托的同意下，重返人间惩罚他的妻子。但是当他重新见到这个世界的景貌，重温了阳光与水、发烫的石头与大海之后，他便不愿再回到地狱的永夜中。冥王的召唤、怒斥与警告，皆无法动摇他。他住在海湾边，面对灿烂的大海与大地的笑容，又生活了很多年。众神不得不下令。引灵者墨丘利（Mercure）前来逮捕这名厚颜无耻的人，夺走他的喜悦，强行把他带回阴间，在那里已经为他备好了一块巨石。

我们已经了解西绪福斯是荒谬的英雄，既因他的热情，也因他所遭受的折磨。他对诸神的蔑视，他对死亡的憎恶，他对生命的热情，使他遭到了难以描述的苦刑，他整个存在都枯耗在徒劳无功上。这是他对尘世的热爱所必须付出的代价。而有关他在地府的情景，我们一无所知。神话的存在是为了让想象力为它们注入生命。至于西绪福斯的故事，我们只见到他用尽浑身的力气，抬起巨大的石头，滚动它，朝着山顶挺进，然后一次又一次重新开始；我们看到他扭曲的脸庞，脸颊紧贴着石头，肩上扛着覆满黏土的巨石，双脚撑着；他伸直手臂，重新抬起石头，双手沾满泥泞，流露出全然属于人的自信。在漫无边际的时空中，在漫长努力的尽头，他终于到达目的地了。然后，片刻间，西绪福斯就看见石头朝着下方世界滚去，他必须再度把巨石推到山顶上。他于是走下山去。

西绪福斯使我感兴趣之处正是在这个回程，这段暂停期间。原本用力紧贴石头的脸庞，变得如石头本身！我看见这个男人以沉重但平稳的脚步走下山，走向他不知何日终结的苦痛。这段时间像是一个喘息的时刻，也一如他的苦难般必定会再出现。那是有意识的时刻。从他离开山顶，朝山下走向诸神的住所的每分每秒，他是他的命运的主人。他比那块巨石还要强韧。

假如这个神话是个悲剧，那是因为它的主角是有意识的。假使他踏出的每一步，成功的希望都支持着他，那么他的痛苦折磨在何处？今日的工人天天做着相同的工作，持续一辈子，这样的命运并不会比较不荒谬。但是唯有在那少见的有意识的时刻，它才是悲剧性的。西绪福斯，这个众神底下的劳动者，既无能为力却又有反抗之心，他明白自己的不幸境遇，这正是他走下山时在思考的问题。清醒与明智导致了他的苦痛，却同时让他取得了胜利。没有什么命运是不能被轻蔑战胜的。

* * *

如果说下山的过程有时令人感到悲伤，它同样也可能洋溢着喜悦。说"喜悦"并不夸张。我再度想象西绪福斯朝巨石走去时，一开始是感到悲伤的。当人世的记忆始终挥之不去，当幸福的召唤变得太过沉重，哀愁就会从人的心中升起：这是巨石的胜利，是那块巨石本身赢过了他。无边的哀愁沉重得难以负荷。这是我们的受难夜。然而，那些将人击垮的事实，一旦被承认就消亡了。从而，俄狄浦斯（Oedipe）起初因为不知道便顺从着命运。但从他明白一切的那一刻起，他的悲剧就开始了。但同时，失明与绝望的他明了，他与这个世界的唯一联结是一个少女的青春之手。于是，偌大的空间回荡起一段撼人的告白："尽管经历过这么多考验与磨难，但迟暮之年与崇高的灵魂使我认为，一切都很好。"索福克勒斯（Sophocle）笔下的俄狄浦斯，如同陀思妥耶夫斯基笔下的基里洛夫，道出了代表荒谬的胜利格言。远古的智慧证实了现代的英雄思想。

我们若不是想要写出某种幸福手册，就不会发现荒谬。"什么！要通过这么狭隘的做法？"但是我们就只有这么一个世界。幸福与荒谬都是这个世间的儿子。两者无法分割。若说幸福必然从发现荒谬而来，是不对的。荒谬也会从幸福而来。俄狄浦斯说："我认为，一切都很好。"这句话如此崇高。它回响于人类粗暴又受限的宇宙中。它告诉我们，一切皆未被耗尽，从来没有被耗尽。它把带来不满与苦难的神逐出这个世界。它把命运变成一件人的事务，必须由人们自己去解决。

西绪福斯一切沉默的喜悦就在这里。他的命运属于他。他的巨石是他的事。同样地，当荒谬之人沉思自己的苦痛时，所有偶像都噤声。在这个顿时悄然的宇宙间，大地扬起无数微小的惊叹声。无意识的秘密的召唤，所有人发出的邀请，都是胜利必然的逆反与代价。太阳带来光，也带来阴影，认识黑夜是必要的。荒谬之人对此抱持肯定的答案，他的努力将永无休止地进行下去。假使有个人的命运，就不会有更高的命运，或者，即使有的话，也只是一种在他眼中无法避免的、可鄙的命运。对于其余的一切，他知道自己是生命的主人。当他转身回顾自己的生命，当西绪福斯朝他的巨石走去，在这微妙的片刻，他思量着这一连串没有关联性的行动，这些行动已经成为他的命运，由他自己所创造，在他的记忆中联结起来，不久之后将由他的死亡所封缄。深信一切属于人的事物皆只有纯然属于人的根源，因此失明的人尽管明白长夜无尽却也渴望看见，他始终迈步前进。巨石依旧在滚动。

我就留西绪福斯在山脚下吧。一个人总是会发现他的重担。但西绪福斯展现了一种更高的忠诚之心：否定诸神，扛起巨石。他也认定一切都很好。这个此后再没有主宰的宇宙，对他来说既不荒瘠，亦不徒劳。组成那颗石头的每个微粒，暮色笼罩的山陵的每片矿岩，它们本身便是一个世界。朝向山顶的战斗本身，就足以充实人心。我们应当想象西绪福斯是快乐的。

附录

弗兰茨·卡夫卡作品中的
希望与荒谬

卡夫卡的整体艺术在于让读者反复阅读品味。他的作品的结局（或是没有结局）所提出的解释并非以清晰的文字呈现，而必须从另一个角度重新阅读一遍，直到看起来似有道理。有时会有存在两种诠释的可能性，因此有必要阅读两次。卡夫卡有意如此。然而，想要巨细靡遗地阐释卡夫卡作品中的每件事，是不对的。象征总是概括性的，无论转译得多么准确，艺术家也只能再现它的行动：从来无法以字易字。再者，没有比理解象征性作品更难的事了。象征向来都超越了运用它的人，让创作者实际上所呈现的比有意表达的还要多。就此而论，最稳当的做法是不要挑战它，不要带着成见去看一部作品，不要去探求它隐藏的动向。尤其对于卡夫卡这样的作家，要接受他的规则，由表面观其剧作，由形式理解他的小说。

对一个漫不经心的读者来说，第一眼注意到的是令人不安的奇遇历程，小说中惊惶与顽固的人物被卷入他们永远搞不清楚的问题。在《审判》（Le Procès）一书中，约瑟夫·K（Joseph K）受到指控。但他不知道自己为什么被指控。他无疑亟欲为自己辩护，不过他不了解为何要这么做。律师们觉得他的案件很棘手。然而，在此期间，他没有忘记谈情说爱，也没有忘记吃饭或看报纸。接着他遭到审判。但是法庭上光线昏暗。他不太了解状况。他以为自己被定了罪，但到底是什么罪他几乎没有多想。有时他不免怀疑，但还是继续过日子。过了一阵子，两名穿着得体、彬彬有礼的男子来找他，要他跟他们一起走。他们非常客气地领着他来到一处破旧的郊区，他们把他的脑袋按在一块石头上，划开他的喉咙。在咽气之前，这名受刑人只说了一句话："像条狗似的。"

像这样一篇故事，最显著的特质是叙事的自然性（le naturel），很难去谈论象征。但自然性是一个难以理解的概念。有些作品所描述的事件对读者来说似乎很自然。但有些作品（确实比较罕见）是故事中的人物觉得自己所遭遇的事理所当然。然而，有个奇怪又明显的矛盾，也就是故事人物的遭遇愈离奇，故事看起来就愈自然：其间差异就如同我们觉得角色的生活愈是不可思议，他却愈是能够坦然接受。这种自然性就是卡夫卡的。正因如此，我们可以清楚地领略《审判》的意义。人们谈到了某种人类处境的意象。确实如此。不过这样的说法过于简单，也过于复杂。我的意思是，这本小说的意义对卡夫卡来说是更特别也更个人的。在某种程度上，他就是故事里的那个说话者，尽管听他忏悔的是我们。他活着，且遭到判刑。在小说的最初几页里他就得知此事，而他在这个世界继续过着小说中的生活。他若想要处理这个问题也不令人惊讶。而对于这样的缺乏惊讶，他从未表现出足够的惊讶。正是这样的矛盾让人看到荒谬作品的第一个迹象。心智将它的精神悲剧投射到具体的事物上。而要做到这一点，唯有借由一种永恒的矛盾——用色彩去表达虚空，以日常行动去阐释永恒的抱负。

同样地，《城堡》(Le Château) 或许是实践的神学，但首先它是一场个人的冒险：灵魂追寻恩典，男人探求世间万物的奥秘及沉睡在女人体内的神的标记。至于《变形记》(La Métamorphose) 则确实代表着某种清明伦理的恐怖意象。但它也来自当人觉察到自己就这样变成野兽时，所感受到的那种难以估量的诧异。卡夫卡的秘密就存在于这种根本的差异中。自然与异常、个体与普遍、悲剧与日常生活、荒谬与逻辑，这些永无休止的摆荡不断出现在他的作品中，为它们带来回响与意义。为了理解荒谬的作品，必须举出这些矛盾，强化这些对比。

事实上，象征有两个层面：观念与感受的世界，以及一部沟通两界的词典。这部词典是最难建立的。不过意识到有两个相对的世界，就已踏上了通往它们隐秘关系的道路。在卡夫卡的作品中，这两个世界一边是日常生活，一边是超自然的忧虑。[①]在此似乎又见到一再被引用的尼采名言："伟大的问题就在街上。"

人的处境（这是所有文学作品的陈腔滥调）中存在一种根本的荒谬性，以及一种难以动摇的崇

---

① 请注意：我们同样可以合理地从社会批判的角度来阐释卡夫卡的作品，比如《审判》即是一例。此外，或许不需选择。这两种阐释方式都很好。从荒谬的观点来看，如同我们已经见到的，对人的反抗也是对上帝的反抗：伟大的革命永远是形而上的。

高。两者并存，理所当然。让我再说一次，两者呈现在那个将我们灵魂的无度与肉体的短暂欢愉一分为二的可笑离异中。荒谬大抵即是肉体的灵魂过度超越了肉体本身。对于想要再现这种荒谬性的人而言，必须借由一连串的平行对比。卡夫卡于是借由日常生活来表达悲剧，通过逻辑来表现荒谬。

演员要避免夸大才更能够表现悲剧角色。假如他是节制的，他所激起的惊恐会更大。希腊悲剧里这种例子不胜枚举。在一出悲剧中，借由逻辑与自然性的掩饰，观者更能够感受到命运的力量。俄狄浦斯的命运预先就宣布了，冥冥之中他将犯下谋杀与乱伦的重罪。整出戏于是致力于呈现一个逻辑系统，经由一步步的演绎，最终将实现主角的厄运。若只是告诉我们这个罕见的命运，则没什么可怕之处，因为它似不可信。但如果它是在日常生活、社会、国家、熟悉的情感等架构之下向我们展现，那么这种恐怖就会被认可。在那种吓人并让人说出"那是不可能的"的情况中，包含了对"那是可能的"绝望的确信。

这是希腊悲剧的整个秘密所在，或者至少是它的一个面向。还有另一个面向，即通过相反的方法使我们更加了解卡夫卡。人心有个恼人的倾向：把压垮他的一切称为命运。但同样地，幸福也是毫无理由可言的，当它降临亦无法逃避。然而，现代人看见幸福后却把缔造它的功绩归于自己。相反地，对于希腊神话中那些受到眷顾的命运，与传奇中那些得到厚爱的人物，比如尤利西斯（Ulysse），他们都历经了最凶险的旅程，最终靠自己解救了自己，而个中有许多因素值得一谈。

总之，必须牢记那股把逻辑与日常生活联结到悲剧性的神秘力量。这就是为何《变形记》的主角萨姆沙（Samsa）是一名旅行推销员。这就是为何在使他变成一只害虫的荒诞事件中，唯一让他不安的问题是老板对他没去上班会不高兴。他长出虫脚与触角，他的脊椎隆起，他的肚子上布满白点——我不会说这些并不使他吃惊，免得效果打折扣——这使他感到"一点点困扰"而已。卡夫卡的整个艺术就在这细微的差别中。在他的核心作品《城堡》中，日常生活的细节被突显出来。不过在这部古怪的小说里，任何作为皆徒劳，一切不断从零开始，但这是灵魂追寻想象中的恩典的根本历程。这种把问题化为行动，以及普遍性与个别性同时并存的做法，亦可见于每一个伟大的创作者的小诀窍中。《审判》的主角可能是施密特（Schmidt）或弗兰茨·卡夫卡。但他叫作约瑟夫·K。他并非卡夫卡，却也是卡夫卡。他就是一个普通的欧洲人，如同所有人一样。他也是那个写下肉体方程式中的未知数 X 的人物 K。

同样地，假使卡夫卡想要表达荒谬，他会前后连贯。有一个众所熟知的傻子在浴缸中钓鱼的故事。一名从事精神治疗的医生问傻子："有没有鱼上钩啊？"结果傻子厉声回道："怎么可能，你这个笨蛋，这可是个浴缸啊！"这是个夸张的故事。但它清楚地显示荒谬效果和过度使用逻辑的关系。卡夫卡的世界确实是一个难以描述的宇宙，人们痛苦地享受在浴缸中钓鱼，却也明白什么都钓不到。

因此我看到一部根本上属于荒谬的作品。比如，就《审判》而言，我可以说它是一种完全的成功。肉体赢得胜利。它什么都不缺，无论是未表达出来的反抗（但它所写的正是反抗），清醒而无声的绝望（它所创造的正是绝望），或是小说人物至死所展现出的惊人的态度自由。

* * *

然而，这个世界并未如看起来那般封闭。在这个毫无进展的宇宙中，卡夫卡以奇异的方式带入了希望。就此而言，《审判》与《城堡》的取向并不相同，两者互补。从此到彼可以察觉到极细微的演进，这代表在逃避的王国中一个巨大的征服。《审判》所提出的问题，在某种程度上由《城堡》解答了。前者依照某种几乎是科学的方法进行描写，而且不做出结论。后者则在某种程度上进行了解释。《审判》提供了诊断，《城堡》则提出了某种治疗方式。然而，在此所提出的疗方却无法使人痊愈。它只是把疾病带回到正常生活中。这个疗方有助于接纳疾病。在某种意义上（让人想起了克尔凯郭尔），这个疗方让人珍爱疾病。除了折磨他的忧虑，土地测量员 K 无法想象还有什么其他的不安。他周围的人也陷入这样的空虚和无名的痛苦，仿佛受苦在此处戴上了尊荣的面具。"我多么需要你，"弗丽达（Frieda）对 K 说，"自从我认识你之后，只要你不在我身边，我就感觉自己被抛弃了。"这个微妙的疗方使我们爱上压垮我们的事物，并让希望诞生于没有出口的世界。这个突然的"思想跳跃"，将使一切因它而改变，这正是存在思想的革命，以及《城堡》的秘密。

少有作品的故事发展比《城堡》更严格。K 被任命为城堡的土地测量员之后，他来到村子里。村子与城堡之间的联系是不可能的。在几百页的篇幅中，K 坚持要找到方法，他使尽所有手段和计谋，但他绝不生气，他带着某种令人困惑的信念，承担被赋予的职责。每一章都是一场失败，同时也是重新开始。这并非出自逻辑的结果，而是出自坚持不懈的精神。他的坚持构成了作品的悲剧性。当 K 打电话给城堡时，听筒里传来的声音含糊不清，掺杂着隐约的笑声，他感觉像是遥远的召唤。但这足以滋长他的希望，如同出现在夏日天空的若干征兆，或是夜晚的许诺，使我们有了活下去的理由。在此可以发现卡夫卡特有的忧郁的秘密。事实上，在普鲁斯特的作品中，或是在普罗提诺所揭露的景致中，也可嗅到相同的忧郁，那是对于失落乐园的乡愁。"当巴纳巴斯（Barnabé）早上告诉我他要去城堡时，"奥尔加（Olga）说，"我就悲伤了起来。这一趟很可能白费功夫，这一天很可能就白白浪费掉了，而希望很可能是一场空。"卡夫卡以"很可能"这个词的暗示赌上了整部小说。不过并没有产生任何结果，在此对永恒的追寻是小心翼翼的。卡夫卡笔下这些人物都是受到启发的机器人，让我们看到如果我们被剥夺了属于我们的"排遣"① 活动，屈服在神的脚下，我们将会是什么模样。

在《城堡》中，屈服于日常生活已经成为一种伦理。K 所怀抱的最大希望，是被城堡接纳。他无法独力达成此事，于是他借由成为村里住民的一分子，消除别人觉得他来自异邦的感受，并且将全部心力集中在让自己有资格获得城堡的青睐。他所想

---

① 在《城堡》中，两名助手似乎代表着帕斯卡式的"排遣"，他们让 K 可以"暂时脱离"他的忧虑。弗丽达之所以最后成为其中一名助手的情人，是因为她偏好舞台布景胜于真理，宁过日常生活而不愿共享焦虑。

要的是一份工作、一个家庭，以及正常而健全的人所过的生活。他再也不能忍受自己的疯狂。他希望自己保持理智。他想要摆脱使他成为村子的陌生人这个诅咒。就此而言，有关弗丽达的段落就颇为重要。她熟识一名在城堡中任职的官员，而 K 之所以把弗丽达当作情人，是因为她的往事。他从弗丽达身上获得了某些超越他自己的事物，而他同时察觉到弗丽达永远配不上城堡的原因。在此让人联想到克尔凯郭尔对雷吉娜·奥尔森（Régine Olsen）的那种怪异的爱。在某些人身上，吞噬他们的永恒之火是如此熊熊燃烧，足以烧毁亲近他们的人心。把不属于上帝的事物也归给上帝，这个重大的错误也是《城堡》的主题。但是对卡夫卡来说，这似乎不是错误。它是某种教义与"思想跳跃"。没有什么事物是不属于上帝的。

更具有意义的是土地测量员为了亲近巴纳巴斯姐妹，疏远了弗丽达。因为巴纳巴斯一家人是村子里唯一被城堡与村子都抛弃的家族。姐姐阿玛丽亚（Amalia）曾经拒绝城堡一名官员可耻的求爱。随之而来的是对她的不道德的诅咒，把她排除在上帝的垂爱之外。不能为了上帝而不顾自身的荣誉，意味着没有资格领受上帝的恩典。从中可以看到一种存在哲学很熟悉的主题：真理与道德的对立。事情将有严重后果。因为卡夫卡的主角所走上的这条从弗丽达到巴纳巴斯姐妹的道路，正是从信任的爱走向奉荒谬若神的道路。就此我们再度看到卡夫卡与克尔凯郭尔的思想的相似之处。不意外地，"巴纳巴斯姐妹的故事"是写在该书之末。土地测量员的最后企图是通过否定上帝的事物去重新发现上帝，并且不是由善与美的范畴去认识，而是通过上帝的漠然、不公与憎恨所显露的空虚与丑恶的面目去认识。这名请求城堡接纳他的异乡人，在他的旅程终点更靠近了那种被流放的状态，因为这一次他对自己不忠，他放弃了道德、逻辑与精神的真相，心中满溢着疯狂的希望，只为了试图进入神恩的荒漠。①

---

① 这个说法在卡夫卡留给我们的未完成的《城堡》中更加明显。但不免令人怀疑作家本人会在最后几章打破全书统一的调性。

＊ ＊ ＊

希望这个词在此并不可笑。相反地，卡夫卡笔下的状况愈是具有悲剧性，希望就变得更加肯定与侵略。《审判》的荒谬性愈是真实，《城堡》的"思想跳跃"就愈显得动人与不合理。然而，此处我们再次见到存在主义思想的矛盾，一如克尔凯郭尔所说的："人间的希望应当被击毙，唯有如此人们才能被真正的希望^① 解救。"这段话可以翻译如下："为了提笔创作《城堡》，必须先写完《审判》。"

大多数谈及卡夫卡的评论者，确实将他的作品定义为绝望的呐喊，不存在得救的可能。但是这个看法需要修正。希望处处可见。亨利·波尔多（Henry Bordeaux）的乐观作品特别使人感到沮丧，因为它没有任何差别。相反地，马尔罗的思想始终令人感到振奋。不过就这两个例子来说，重点不在于相同的希望或相同的绝望。我只是发现荒谬的作品本身有可能导致我想要避免的不忠。作品不过是

---

① 亦即心灵的纯粹性。

对于某种徒然的处境所做的没有意义的反映，也仅仅是对于短暂易逝的事物所做的颂扬，而它在此却成为幻觉的摇篮。作品提出了解释，赋予希望某种形式。创作者不再能够与之分离。作品已经不是原本应该成为的悲剧性游戏。作品使作者的人生获得了意义。

无论如何，奇特的是，一些受到类似启发的作品，比如卡夫卡、克尔凯郭尔或舍斯托夫等人的著作，简言之就是存在主义哲学家与小说家的作品，全把焦点转向荒谬与其结果，最终推导出对于希望的无边呐喊。

他们拥抱吞噬他们的上帝。希望则通过屈服而进入。存在的荒谬使他们确信更多超自然的真实性。假使这条人生之路通往上帝的话，也就意味着人生有一个出口。而克尔凯郭尔、舍斯托夫或卡夫卡的主角们在先后不断踏上的旅程中所抱持的坚持不懈与顽固的态度，也成为这种确信所表现出来的力量的保证。①

---

① 《城堡》中唯一不抱希望的人物是阿玛丽亚。而土地测量员K最反对的人正是她。

卡夫卡不承认上帝具有崇高的道德、良善、明显性与逻辑性，但只是为了更易奔入上帝的怀抱。荒谬受到认可和接受，人于是顺从它，而自这一刻起，我们明白荒谬已不再是荒谬。在人的处境内，除了怀抱逃离这个处境的希望，还有什么更大的希望？不同于一般观点，我再次见到存在主义充满巨大的希望。正是这个希望随着原始的基督教与福音的宣告，曾掀起旧世界的万千波涛。然而，在这个构成整个存在主义思想特征的思想跳跃中，在这种坚持中，在这个针对没有外在形象的神祇的测度中，如何能不见到一种清醒意识的自我弃绝的标记？但愿这只是一种为了解救自己而径行放弃的傲慢。如此的放弃可能带来丰饶的结果。但放弃并不能改变傲慢。在我眼中，并不会因为说清醒意识和傲慢一样无用，就减损它的道德价值。因为就定义来看，真理也是无用的。所有显而易见的事实亦是如此。在这样一个提供了一切却缺乏所有解释的世界中，价值或形而上观念的丰饶性可说是无意义的概念。

无论如何，在此可以了解卡夫卡的作品属于

哪一种思想传统。确实，若把从《审判》到《城堡》的过程视为不可避免的结果，恐为不智之举。约瑟夫·K 与土地测量员 K，只是吸引卡夫卡关注的两个极端。[①] 我的说法将与卡夫卡相同，而且我会说，他的作品可能不是荒谬的。但这并不会使我们无法领会他的作品所具有的伟大与普遍性。这两项特质是来自他深谙如何表现从希望过渡到悲痛，从绝望的领悟过渡到自愿的盲目的日常生活过程。他的作品传达了人逃离人性的情感转变，从他的矛盾中汲取信仰的原因，从他深厚的绝望中获致希望的理由，并把他学习死亡的骇人过程称作生活——因此他的作品具有普遍性（真正荒谬的作品是不具普遍性的）。它是普遍性的，因为它的灵感来源是宗教性的。如同在所有宗教中，人摆脱了生命的重担。尽管我明白这一点，尽管我也能够赞赏这样的作品，但我也知道自己并不

---

① 关于卡夫卡思想中的这两个面向，可以比较以下两者。《在流放地》(*Au bagne*)："罪恶（亦即人的罪恶），从来就不容置疑。" 以及《城堡》中的一个段落［该书人物莫穆斯（Momus）的报告］："土地测量员 K 的罪行殊难成立。"

会去追寻普遍性，我只追求真实。而两者可能无法并存。

假使我说真正不抱希望的思想是由相对的标准所界定，而悲剧作品（当所有关于未来的希望都被排除之后）可能是描写快乐的人的作品，那么我们就可以更加理解上述观点。生命愈是令人振奋，失去生命的想法也就愈荒谬。这或许就是在尼采作品中所感受到的那种骄傲的冷漠的秘密所在。在这样的观念中，尼采似乎是唯一从荒谬美学推导出极端结果的艺术家，因为他所传递的最终讯息存在于某种毫无建树的、征服一切的清醒意识中，与对所有超自然的慰藉的坚定否认中。

以上所述足以看出卡夫卡的作品在本文的架构中的重要性。我们被引领到了思想的边界。就最完整的意义而言，卡夫卡作品中的一切元素都至关紧要。总之，它提出了全面而完整的荒谬问题。如果你愿意把这些结论与我们一开始的评论做比较，把本质对照于形式，把《城堡》的隐义对照于淌流其间的自然性的艺术手法，把K热情与骄傲的追寻对照于他流连其间的日常生活背景，那么你将可以理解卡夫卡作品的伟大在何处。因为如果乡愁是人的标记，那么或许没有人曾经给予这个怀念的幻影如此丰富的血肉与生动性。然而，与此同时也能感受到荒谬作品所要求的独特的崇高性，而它或许不存在于此处。假使艺术的本质是将普遍性与特殊性联结，将滴水的短暂易逝与永恒的光辉联结，那么以荒谬作家如何联结两个世界作为评估其伟大的依据，就更为真切。荒谬作家的秘密在于，他懂得如何在两个世界的最大差异之处觅得确切的交会点。

坦白说，这种人与非人交错的几何地域在心灵的纯净处随处可见。假如浮士德与堂吉诃德都是卓越的艺术创造，那是因为他们以尘世之手，描绘了不可度量的崇高。不过始终会来到这样的一刻：心智否定这些人的手所触及的真相。在这样的一刻，创作不再被视为悲剧性的，而只是被严肃对待。人于是关心起希望。但那无关他的事。他该留意的是摆脱所有的借口。然而，在卡夫卡对整个宇宙所提起的激烈诉讼行将结束之际，我所发现的正是这些借口。最后，对于这个使人烦

扰不安的可憎世界，对于这个鼹鼠也敢于怀抱
希望的世界，他不可思议的判决却宣告了它的
无罪。①

---

① 　上述显然是对卡夫卡作品的一种诠释。可以合理地补充
说：在所有的诠释之外，没有任何理由能够阻止从纯粹美学
的角度去思考他的作品。比如，B.格勒图森（B. Grœthuysen）
在他为《审判》所写的杰出序言中，以比我们更高的智慧，
单单依循书中的痛苦想象去思索，而这些想象是来自他所称
的一名"醒着的入睡者"——这个说法令人印象深刻。这部
作品的命运是它既提供了一切，却什么也不肯定，而这或许
也是它的伟大之处。